旅行日 01

開始轉動的齒輪

雷莫的首都名為巴爾汀，是一個擁有一百五十萬人口的巨大都市。

座落於翠綠色的平原，被藍色的河川貫穿的巴爾汀，乃是雷莫無可取代的政治、經濟與軍事中心，同時它也掌握了最重要的東西——能源。

巴爾汀建有巨大的魔力爐，其原理乃是藉由不穩定性變異元質粒子的持續能量放射，經由魔導技術轉化成可供使用的能源，再輸送至雷莫各個主要都市。這個魔力爐的規模，足以提供雷莫全境將近數百年不會枯竭的龐大能源。其他大城市雖然也設有備用的魔力爐，但規模完全不能與巴爾汀相比。

如果將雷莫視為一個巨大的生物，那麼巴爾汀就是最重要的心臟。為了守護這顆難以取代的心臟，此地自然有重兵駐守。巴爾汀與周遭衛星都市的駐守軍隊加起來總計超過十萬，城牆內也埋有超高功率的魔力導索，堪稱全雷莫防禦最堅固的城市。

理所當然的，雷莫之王的宮殿也聳立於此。

雷莫的皇宮名為「黑曜宮」，這個名稱的由來，在於主宮殿的外壁乃是以黑寶石所打造。白日陽光照耀，黑曜宮會發出柔美的光輝；夜裡星月照映，黑曜宮會倒映魔性的光澤。

每半年一次的軍事會議同樣也在黑曜宮召開，雷莫之王與高級將領都會出席這場會議。在水晶雕刻而成的長桌前，雷莫國的軍事首腦們皆端坐在椅子上。

距離會議開始尚有五分鐘左右的時間，可是房間裡卻一片沉默，這片異常的靜謐，源自於兩人身上。

陸戰軍團元帥——赫伯特．札庫雷爾。

空騎軍團元帥——英格蘭姆．亞爾卡斯。

與在場其他出席者相比，這兩人的靈威明顯與眾不同。那股沉重的壓迫感，使其他人的呼吸感到難以言喻的不順暢，再加上此時兩人都沒有說話，自然也就無人敢開口。

札庫雷爾是一名年近五十、有著威武面貌與灰白短髮的男子。他的身材高大，容貌剛毅，外表看起來不怒自威，彷彿一尊由勇猛、堅忍與沉穩等元素打造而成的鋼鐵雕像，而事實上也的確是如此。札庫雷爾不僅是一位極其優秀的將領，同時也是受封公爵之位的貴族，他為人公正、勤勉、守信諾，在部下之間有著極高的評價。

相對於札庫雷爾，亞爾卡斯的外表就顯得文弱許多。他的身材削瘦、容貌俊俏，留著一頭金色長髮，乍看之下不像是持劍的軍人，反而倒像是彈琴的詩人。然而，二十八歲的亞爾卡斯不但是雷莫最年輕的軍團總司令，更是雷莫國內數一數二的劍術高手，因為被他的外表所矇騙，最後慘死其劍下的人不計其數。

這看似截然相反的兩人，手握雷莫最高的兵權，並獲賜魔操兵裝。

魔操兵裝擁有極強的破壞力，通常會被軍部統一集中嚴密管控，只有在進行特殊任務時才會加以配給。能夠獲賜魔操兵裝，除了代表此人擁有無可撼動的武勛之外，更代表此人的忠誠心受到君主的絕對信任。對於軍人來說，獲賜魔操兵裝乃最高的榮耀。

札庫雷爾與亞爾卡斯坐在自己的位子上，始終不發一語。堪稱雷莫雙璧的兩人都如此，其他將領自然也就不敢開口說話。

就在這股沉默即將累積到飽和點時，房間的門打開了。

所有的將領——包括札庫雷爾與亞爾卡斯——都感到背部升起一股可怕的寒意。

伴隨著輕巧的腳步聲，巨大的靈威覆蓋了一切。

那股沉重的壓迫感讓人為之屏息，身體也因為無法抑止的戰慄而繃緊。所有的出席將領全部站了起來，迎接他們的君主。

門後出現了一道女子的身影。

「女王陛下萬歲！」

所有將領同時躬身行禮，齊聲大喊。

這名女子正是莎碧娜。銀霧的魔女，雷莫之王。

「各位遠道而來，辛苦了。都坐下吧。」

莎碧娜將身體埋入椅子裡面，並且交叉雙腿。從長裙之下延伸而出的完美腿線看起來誘惑力十足，但現場沒有任何一個人膽敢加以欣賞。

就算有那個膽量，也沒有那個能力，光是要在莎碧娜面前抬起頭來，就需要耗費莫大的勇氣與心力。在場唯一能夠正眼直視莎碧娜的人，恐怕只有札庫雷爾與亞爾卡斯。

「可以開始了。」

在莎碧娜的命令下，半年一次的軍事會議開始進行。

每個將領逐一起身報告各地有無異常情況發生，檢討過去計畫的執行進度，並討論下半年度的軍事目標與計畫。在外人眼中，這是一場略嫌沉悶的會議。

東之國．雷莫與西之國．亞爾奈乃是長久以來的宿敵，然而目前雙方並沒有策動戰爭的打算。在三年前的大戰後，兩國暫時劃定了互不侵犯的分界線，享受著得來不易的和平。

在這段期間裡，不論是雷莫或亞爾奈都將重點放在恢復國力上，盡力儲備下一次戰爭的資本。北之國與南之國也各自忙著處理國內的紛亂，沒空點燃新的戰火，使得傑洛出現了一幕難得的和平之景。

「那麼本次會議就到此為止吧。有人還想提出什麼意見的嗎？」

莎碧娜開口說道。當她講出這句話時，通常就代表會議的流程已經進入了尾聲。

沒有人要求發言，於是會議就此結束。

在軍事會議結束之後，札庫雷爾並沒有立刻離開黑曜宮，而是前往求見莎碧娜。當札庫雷爾踏入謁見室時，發現亞爾卡斯竟然也在裡面。

「有事嗎？札庫雷爾元帥。」

莎碧娜開口詢問對方的來意。札庫雷爾似乎對亞爾卡斯的存在有些在意，他先是猶豫一下，然後才緩緩以他那沉穩厚重的聲音開口了。

「……陛下，先前我收到一份報告，內容是有關一個通緝犯的頒布消息。」

「果然你也是嗎？」莎碧娜看著札庫雷爾，語氣冷淡的說道。

札庫雷爾聞言愣了一下，然後將視線投向站在一旁的亞爾卡斯。

「看來我們都是為了同一件事而來呢，札庫雷爾元帥。」

亞爾卡斯帶著微笑，對札庫雷爾輕輕點了點頭。

「原來亞爾卡斯元帥也收到消息了。」

「想不知道也不行。亞爾奈的特殊部隊潛入我國境內，而且還搗毀了特殊監獄，像這種大事要是不知道的話，空騎軍團情報部不如廢掉算了。」亞爾卡斯微微聳肩。

「聽說這名罪犯的通緝命令，是由陛下親自下令發出的，加上亞爾奈也派出了影伏，可見事關重大。陛下並沒有在這次的會議裡提出來，難道是有什麼顧慮嗎？」札庫雷爾詢問眼前的君主。

莎碧娜並沒有立刻回答，只是閉上雙眼，沉默不語。

「解決陛下的煩惱，乃我等本分。請直說無妨，在下願意燃燒生命，為您分憂解勞。」亞爾卡斯用像是吟唱詩歌般的輕柔語氣開口了，不論是聲音或姿態都無比優雅。

由於亞爾卡斯這種不像一個軍人該有的說話習性，因此才會暗地裡被人戲稱為「吟遊元帥」，然而他所立下的功勛之大，並不會因為這個玩笑性的綽號而被人忽視。

過了好一會兒，莎碧娜終於睜開雙眼。

「退下吧，這不關你們的事。」莎碧娜淡淡的說道。

銀霧魔女的話一說出口，就不容改變。札庫雷爾與亞爾卡斯只是互看一眼，然後躬身行禮，退出了謁見室。

「……因為這件事，恐怕超出你們的能力範圍。」

對著無人的大廳，莎碧娜輕聲呢喃。

從謁見室退出之後，札庫雷爾與亞爾卡斯一同走在長廊上。

札庫雷爾與亞爾卡斯之間並沒有深厚的友情，嚴格說來，兩人算得上是互相競爭的關係。他們各自統率著同等規模的兵團，地位的高低也相若，互視對方為競爭者的心態自然在所難免。然而，此時的他們卻並肩同行，在旁人眼中，這算是難得一見的事。

「札庫雷爾元帥，事情不單純。」

「這種事不用你說我也知道。」

札庫雷爾哼了一聲，不是因為輕視或敵視亞爾卡斯，而是因為他的口氣向來如此。

「不知札庫雷爾元帥手上的報告，詳細到何種程度？」

「大概就跟你知道的一樣吧。」

札庫雷爾圓滑地應對著，由此可知他並非尋常的武人。

或許是怕手上的牌色會洩漏出去，導致自己會吃虧吧？亞爾卡斯洞悉了這一點，於是發出了輕笑。

「啊，我想也是。在下所知道的，也僅有現場殘留著高濃度的魔力，不穩定性變異元質粒子曾經出現的可能性很高罷了。」

「……影伏的『金剛腕』。」

「看來是這樣沒錯。連魔操兵裝都出場了，事態嚴重吶。」

即使嘴上喊著事態嚴重，亞爾卡斯仍然不改吟唱般的口吻。

魔操兵裝乃是利用不穩定性變異元質粒子所凝聚而成，但是要將它變成武器或鎧甲的外形，需要特殊的技術。「魔力固化」的技巧一向由軍方獨占，為了追求效率，一般士兵的魔力固化多以制式化與標準化為主。

亞爾奈特殊部隊「影伏」的制式化魔操兵裝即為「金剛腕」。

魔操兵裝是很貴重的東西，同時也擁有強大的破壞力，與魔彈同為不可外流的一級管制品。讓潛入部隊配備魔操兵裝，可見亞爾奈相當重視被關在特殊監獄裡的那個人。

「一級通緝犯，活捉一千金夸爾，屍體五百金夸爾。哎，這真是大手筆吶。不知道我有沒有這麼值錢。」

亞爾卡斯聳了聳肩。

在雷莫，只有魔法師罪犯才會被冠上一級通緝犯的頭銜，一千金夸爾更是史無前例的鉅額懸賞。若以賞金高低來判斷被懸賞者的實力，那麼這位名為「桃樂絲」的犯人可說是強得離譜。

「話說回來，那座『灰鎖』該不會是為了關住桃樂絲而蓋的吧？如果真是這樣，那對方可真是不得了啊。」

為了建造灰鎖監獄，莎碧娜不惜耗費鉅額資金，而且一直不肯說出理由，因此引發了不少流言。有人說女王準備向不夠聽話的大貴族動手；也有人說女王是為了日後的戰爭做準備；更有人說女王將數年前爭奪王位失敗的兄長關在裡面。每一種猜測聽起來都很荒謬，但似乎也都很有可能，因此灰鎖監獄自從蓋好後，便一直飽受外界關注。

「對了，那位時常隨侍於陛下身旁的忠誠騎士今天也不見蹤影，以往她可是絕對不會離開陛下半步的。札庫雷爾元帥，您覺得究竟發生了什麼事？」

「你知道的已經很多了。」

面對札庫雷爾的諷刺，亞爾卡斯輕笑以對。

莎碧娜不久前前往灰鎖監獄的消息已不是秘密。莎碧娜回到黑曜宮時，那位鬼面騎士並未隨侍在側，這件事也有多人目擊。可想而知，莎碧娜是將鬼面騎士留在監獄那邊。莎碧娜不可能平白無故就將護衛留在那裡，最合理的推測，就是監獄裡面已經關了人，鬼面騎士則是奉命留下來看守。然而，這個推測將會衍生出許多問題。

灰鎖監獄究竟是何時關了人的？莎碧娜是怎麼瞞過眾人的眼睛把人關進去的？亞爾奈又是怎麼知道裡面關了人的？被關在灰鎖監獄裡面的人真的只有一個桃樂絲嗎？那個桃樂絲究竟是何方人物？這些問題無人能夠解答。

「如何？札庫雷爾元帥。根據您的判斷，那邊究竟發生了什麼事？」

「影伏闖入監獄，結果被全滅了，犯人也逃了，就這麼簡單。」

「嗯，我也是這麼認為呢。可是，陛下卻不肯宣揚此事，是何道理？」

「陛下的睿智，不是我們能夠明白的。不用多想，陛下必定另有打算。」

「說得也是。」

在交談之際，札庫雷爾與亞爾卡斯也走出了黑曜宮。兩人簡短的道別過後，便在黑曜宮前分開了。

「……真是頑石啊，想從他口中探出消息實在困難。唉，不愧是札庫雷爾元帥。」

亞爾卡斯望著札庫雷爾的背影，無奈地搖了搖頭。能夠爬到陸戰軍團總元帥這個地位，只靠單純的武勇是不夠的，札庫雷爾本身的智謀亦不可小看。

當亞爾卡斯回到了空騎軍團司令部，才剛進門，就見到桌上擺了一疊厚厚的報告書。亞爾卡斯帶著厭惡的表情翻了翻，發現這些報告書是情報部門今早剛收集到的，有關重大通緝犯「桃樂絲」的最新消息。

於是亞爾卡斯吩咐外面的侍從幫他泡一杯熱紅茶，接著坐入椅子，開始審閱這疊報告書。當他修長的手指翻到某一頁時，視線不由得停了下來。

上面記載了曼薩特市長之子沙克與桃樂絲之間的衝突，同時也詳細列出了沙克的個人情報。

「二等勛爵，魔力領域半徑十一公尺？這也太弱了吧？根本看不出什麼嘛……」

亞爾卡斯用手指彈了彈報告書，一臉不滿的自言自語。

在雷莫，魔力的強弱決定地位的高低。勛爵是最低的爵位，只要做出巨大貢獻，就算是沒有魔力的凡人也能獲得下位勛爵頭銜。曼薩特城市長鄧普斯本人就是四等勛爵，最下位的勛爵。

根據目擊者的說法，桃樂絲與沙克的戰鬥一瞬間就結束了，根本得不到什麼有用的情報，毫無參考價值。硬要說有什麼值得一提的，那就是桃樂絲所使用的魔法。

「數不清的光彈……暴雨之型？這傢伙還真會小題大作。」

目擊者聲稱，沙克是死在數不清的光彈轟炸之下，這種魔法被稱為「暴雨之型」，是「穿弓之型」的高級應用技巧。要使用這種魔法，魔力領域至少要超過半徑三十公尺才能辦到，也就是一等勛爵以上的水準。

身負雷莫史上最高懸賞金額的一級通緝犯，魔力領域當然不可能只有一等勛爵的程度，所以這不能作為用來判斷桃樂絲實力的依據。亞爾卡斯所探究的是心理層面，也就是為什麼桃樂絲會用這種魔法打倒沙克。

人的性格會影響技法的選擇，如果是亞爾卡斯，會先跟對方玩上一陣子，然後用華麗的手法為戰鬥劃下句點；如果是札庫雷爾那傢伙，大概會直接用穿弓之型迅速俐落的解決敵人。這樣看來，桃樂絲似乎屬於喜歡用壓倒性力量一口氣摧毀敵人的類型。

此外，曼薩特城發生多起聲稱是桃樂絲所為的犯罪事件，但初步調查，大多是其他人假借桃樂絲的名義犯案。當然，其他城市也出現了相同的事情，除非桃樂絲會分身術，否則不可能同時出現在十七座城市裡面。

想利用一級通緝犯的名字幹壞事的傢伙太多了。

畢竟目前通緝令上還沒有畫像，只有簡單的外表描述，稍微化妝一下誰認得出來？就這點來看，幹掉沙克的那個人也不一定真的是桃樂絲。

但亞爾卡斯還是特別留意了曼薩特城這個名字。

因為再過幾天，他的巡視行程將會經過曼薩特城及其周遭地區。

曼薩特城距離灰鎖監獄不算太遠，桃樂絲在那裡出沒的可能性並不是沒有。

「嗯，如果真能見到面的話就好了。」亞爾卡斯不抱期待的說道。

※◆※◆※◆※

即使閉著眼睛，也能感受到溫暖的光線。

莫浩然睜開雙眼，早晨的陽光穿透了樹葉與樹葉之間的縫隙，安靜地撒落到他臉上。身體裡面有一股消不去的倦怠，令人忍不住想要多躺一下，但怎麼樣也沒有睡意。

過了不久，莫浩然還是從地上爬了起來。

「咕、嗚哇……」

莫浩然動了一下身體，總覺得每個關節都發出喀啦喀啦的聲音。

地面太硬，睡起來實在很不舒服，就算用兩件斗篷充當床墊也沒用，莫浩然深深體會到，就算到了異世界，地面也還是一種很堅硬的東西。

是的，異世界。

這裡不是地球，而是一個名叫傑洛的世界。

因為被捲入黑道火拚而中槍的莫浩然，在瀕死之際與一個名叫傑諾的大法師簽訂契約，以放出傑諾為代價，讓自己得到繼續活下去的機會。於是，莫浩然就像是那些爛俗的穿越作品一樣，孤獨地來到了異世界。

可惜莫浩然不像那些穿越作品的主角一樣，身上既無外掛也無金手指，至少他來到傑洛已經快要一個月了，卻連一點像是主角特權或作者福利之類的跡象也沒看見。

莫浩然不會什麼失傳已久的古武術，也沒有身懷曠古絕今的魔法天賦，腦子裡面的地球知識更是與這世界的科技樹扯不上關係。

他全身上下稱得上是與眾不同的，就是這具身體並不是他自己的，而是傑諾用成分不明的次元飄流物質隨手造出來的臨時肉體。但糟糕的是，傑諾竟以「沒有存在的必要」為理由，順便將這具身體的性徵全部去掉了！

唯一值得安慰的是，這具身體的長相至少還是人形。萬一傑諾當時腦袋不知道被什麼東西打到，搞出一具怪獸或黏液史萊姆外形的身體，莫浩然就算拚著小命不保的危險也要撕毀契約。

至於那位罪孽深重的大法師，則是以精神波形態變成了莫浩然的頭髮，有事沒事就在他腦子裡面嘮叨個沒完。當傑諾嘲笑或諷刺時，莫浩然想不聽都沒辦法。

附帶一提，其實傑諾早已恢復自由變形的能力，隨時可以脫離莫浩然的腦袋，但野外怪物眾多，所以傑諾依舊保持頭髮的形態。一旦莫浩然遇見怪物，就能迅速進行同調，使用魔法應付各種危機。

「你可真是不知感恩。你知道我幫你做了多少事嗎？有時我還真不知道召喚你過來幹嘛，什麼事都要我盯著才行。」

聽到了莫浩然的牢騷，傑諾立刻出聲抗議。因為這道聲音只會在莫浩然腦裡響起，所以不用怕被第三者聽到。

「追根究柢說起來，還不是你的錯？用個召喚術都會被仇人猜到，甚至提前準備了一間牢房給我們，還說自己是大法師咧。要是直接把我召喚到你的本體那邊，不就什麼事都沒有了。」

莫浩然立刻反擊。因為莫浩然必須出聲說話才能讓傑諾聽見，所以此時的他看起來就像是一個自言自語的神經病。

「……哎呀，今天天氣也是很不錯呢。」

「少給我轉移話題，混帳！」

莫浩然自己對著自己生氣的這一幕，完全被一旁的少女看在眼底，但她並沒有說什麼，只是繼續安靜的坐著不動。

少女有著令人一見便難以移開目光的驚人美貌，以及與其美貌相匹敵的冰冷氣質。整天跟在莫浩然身邊寸步不離的她，乍看之下彷彿是莫浩然的護衛，但事實正好相反。

就立場上來看，這位少女百分之百是莫浩然的敵人。

少女並非人類，而是一種名叫強化人造兵的生物兵器。

原本少女受命負責監視莫浩然的一舉一動，但因為發生了一些意外，使得少女搞錯了自己的任務意義，變成了必須跟著莫浩然到處跑的詭異情況。

少女的監視是不分日夜、全年無休的。每次莫浩然準備睡覺的時候，少女還醒著；當莫浩然起床的時候，少女仍然醒著；即使是半夜偶爾醒來時，少女的眼皮也依舊沒有闔上。不論何時，少女的雙眼總是睜開的，要說不可思議，也的確是不可思議。

莫浩然一直想把少女甩掉，無奈對方不論是體力或魔力都遠勝於他，擺脫少女的日子始終遙遙無期。幸好少女只會一直跟在後面，不會主動干涉莫浩然做任何事情，否則莫浩然真要舉手投降，直接放棄與傑諾的交易契約了。

結束了與大法師的爭執，莫浩然開始準備早餐。雖說是準備，也不過是把火腿與乳酪拿出來切成薄片，夾在硬邦邦的黑麵包裡面再吃下去罷了。他草草填飽肚子，傑諾的聲音又在腦中響起。

「吃完了嗎？那就稍微動動身體消化一下吧。」

「啊啊，我知道。從石頭開始，對吧？」

莫浩然集中精神，手指輕輕一勾，一顆小石子突然從地上跳了起來。在跳出將近三公尺左右的高度後，小石子落到了莫浩然腳邊。

「完全沒有進步嘛。力道過大，位置也不對。」

「吵死了！這只是熱身、熱身啦！」

莫浩然一邊辯解，一邊繼續用魔力操控地上的石子。根據傑諾所言，小石子要剛好跳到莫浩然手中才算合格。

這是關於魔法的修煉。

數天前，莫浩然在曼薩特城與一位名叫沙克的魔法師起了衝突。莫浩然取得了壓倒性的勝利，沙克死亡，連一點碎片也沒留下來，就如字面上所說的一樣化為灰燼。

不論是莫浩然或傑諾，都沒有當場殺掉沙克的意思。之所以會出現這樣的結果，完全是因為莫浩然的自以為是，以及操魔技術太過低劣所致。

傑洛是一個充滿魔力的世界。

有魔力，自然就有魔法，能夠使用魔法的人被稱為魔法師，受到世人的尊敬。

魔法師的資質取決於兩個條件：魔力領域與操魔技術。前者決定了魔法的威力，後者決定了魔法的效率。

由於傑諾的幫助，莫浩然得以驅使潛藏於森羅萬象之中的無形魔力，但傑諾也只能做到這樣。魔法的成形，以及魔法的使用技巧，全都要莫浩然自己來才行。若以地球的情況來比喻，莫浩然就像是一個連駕照都還沒考上、卻被迫坐上一級方程式賽車的超級菜鳥駕駛員。

由於這樣下去遲早會出事，所以傑諾決定訓練莫浩然，加強他的操魔技術，所以才有了現在這一幕。

雖然這種技術等到地球後就再也派不上用場，但莫浩然並不排斥這種練習。強化自己的生存資本是原因之一，最重要的是，他不想再發生一次像沙克那樣的事。

雖然那是一場雙方都同意賭上性命的決鬥，但莫浩然其實沒有要殺了沙克的意思。

親手奪取他人生命的感覺並不怎麼好。

在殺掉沙克的當下，莫浩然並沒有什麼特別的感覺。等到離開城市之後，他才有了自己親手埋葬掉一條性命的真實感，並產生罪惡意識。隨著時間的經過，雖然那股意識漸漸變淡了，但卻多了一點無法言喻的東西沉澱於莫浩然心中。就像蒸發的海水一樣，沒有水分，卻殘留著名為鹽的結晶。

那點無法言喻的沉澱物就這樣一直殘留在莫浩然心裡，丟不掉，也忘不掉。它不會影響莫浩然的日常生活，他依然該吃的時候就吃，食量也並未因此有所增減；該睡的時候就睡，也沒有因此做過什麼惡夢。

但莫浩然知道，「它」一直存在。

在黑道的酒店打工時，莫浩然曾聽過那些流氓前輩們吹噓自己砍了多少人。那時的他們，感覺也跟現在的自己一樣嗎？還是說他們有著作惡的自覺，所以不僅能夠接受這種感覺，甚至還能把它像巧克力一樣細細品嘗呢？

這些莫浩然全都不知道。

他只知道自己不太喜歡這樣的感覺，所以日後絕對不會去混什麼黑道。

讓石頭跳躍的練習持續了半小時，莫浩然讓石頭跳了三百多次，只有六次成功，其中有三次是勉強合格。

「成功率只有百分之一啊……真是前途黯淡。」

傑諾大大嘆了一口氣。

「哎，至少比昨天多了一次，比前天多了兩次。整體看來還是有在進步的。」

「啊啊，沒錯，照這個進度，在你成功率達到百分之百前，我就被放出來了。真是令人欣慰的進步速度啊，哈哈哈哈。」

「是啊，哈哈哈哈哈。」

兩人同時乾笑。

事實證明，莫浩然在操魔技術這方面實在缺乏天賦。

「算了，換下一個吧。」傑諾語氣無奈的說道。

於是莫浩然放下手中的石子，彎腰挖起了一把泥土。

莫浩然集中精神，凝視手中的泥土。存在於泥土內部的元質粒子開始產生反應，在魔力的作用下扭曲變形，轉眼間就變成一顆凹凸不平的泥球。

「魔力塑形的速度倒是很快，但精細度實在是……」

所謂的魔力塑形，又稱為魔法建構，指的就是將魔力轉換成魔法的過程。如果無法建構魔法、賦予魔力有意義的形態，那麼魔力只會是一團能量。一個魔法師要是不會魔力塑形，只能說是一個人形的魔力爐而已。

當魔法師在使用魔法時，其行動主要可拆分為三個步驟。

第一個步驟是抽取魔力——驅動四周的元質粒子，使其放射出魔力。

第二個步驟是構建魔法——凝結魔力並將其編織，形成所謂的魔法。

第三個步驟是魔法制御——正式發動魔法，對事象進行干涉。

第一個步驟依靠的是魔力領域，第二、三個步驟則是仰賴操魔技術。以莫浩然的情況來說，第一個步驟已經由傑諾包辦了，第二個步驟也可以獨自迅速完成，但第三個步驟卻老是抓不到要領。

「你也真是奇葩耶，一般魔法師都是要嘛是第二、三步驟都不擅長，要嘛是都很擅長，只有你是拆開來算的。」

傑諾這番話實在聽不出他究竟是在諷刺或佩服。

「我也沒辦法，不知怎麼就是這樣了。」

莫浩然也很無奈。他大致能理解構建魔法的原理，那種感覺有點像是在上化學課。原子結構、分子鏈結、化學平衡、元素週期表……將魔力編織為魔法時，有些概念與化學課程極為相似，所以他才能迅速掌握。但一進入到魔法制御的階段，因為沒有可供參考的對象，所以他只能自己慢慢摸索那種感覺。

一般的魔法師在牙牙學語時就能使用魔法，等到他們長大，這三個步驟不知道已經重複了幾千幾萬次，對他們而言，使用魔法就像吃飯喝水一樣簡單。來自地球的莫浩然從來沒接觸過魔法，如今的他等於是從頭學起，短短一個月能做到這種程度已經很不容易了。

接下來，莫浩然開始不斷地變換手中泥土的形態，有時是尖錐狀，有時是立方體，有時是爆炸形。泥土變形的速度很快，但外觀實在令人目不忍睹，形狀雖然正確，但輪廓總是凹凸不平，這是因為莫浩然無法精細的控制魔力之故。

莫浩然同樣練習了半小時，泥土已經反覆變形了好幾百次。

「好，就先這樣吧。」

傑諾說道，於是今天早上的練習就此結束。

莫浩然立刻坐倒在地，這種練習非常耗費精神，每一次練習完，他都會覺得頭腦發脹，好一陣子不想動。

「真是麻煩……照你這種進步速度，短期內根本派不上用場。看來得用其他辦法才行了。」

「什麼！你竟然還私藏速成密技？」

「想得美，哪來的速成密技？只是轉換思路而已。既然你的操魔技術這麼差勁，以後只好盡量使用一些不太靠操魔技術的魔法了。」

莫浩然聞言大怒：「靠，不早說！那我這陣子究竟是在辛苦什麼啊！這種好東西應該早點拿出來啊！」

「別高興得太早，不靠操魔技術的魔法，大部分都不是戰鬥類的。」

「例如？」

「像瞬空之型，它被歸為移動類。」

「臥槽不會吧！那麼麻煩的魔法還叫不靠操魔技術？」

能夠大幅強化施法者速度的「瞬空之型」，其原理是以魔力推動施法者的身體。要是施加於身體各部位的魔力強度不夠平均，移動時很容易失去平衡，就算跌倒骨折也不是不可能，莫浩然在學這招時吃了不少苦頭。

「哼哼，以你的程度，能完全學會的才叫『不靠操魔技術』，所謂的技術流，指的是穿弓之型那種類型的魔法。」

「那個我會啊。」

「連個固定標靶都射不中，還敢說會？」

不是只要會扣扳機就可以自稱懂槍法──因此莫浩然默默承受了傑諾的吐槽。

「嗯，乾脆趁這個機會跟你大致講解一下有哪幾種魔法好了。」

以這句話為開端，傑諾開始說明魔法的分類。

傑洛的魔法分類並不複雜，一共只有六種：攻擊型、防禦型、移動型、偵測型、輔助型、特殊型。

莫浩然目前所會的魔法只有四個，分別是攻擊的「穿弓之型」、防禦用的「壁壘之型」、移動用的「瞬空之型」與偵測用的「明鏡之型」。除了「瞬空之型」，其餘三種莫浩然都不甚熟練，只能說是勉強會用而已。

「輔助型絕大部分都是不依賴操魔技術的魔法。輔助型魔法有好幾十種，不過能運用在戰鬥中的並不多。」

「那特殊型呢？」

「那個就算了，因為特殊型指的就是絕技。」

「聽起來很厲害的樣子。」

「是很厲害，因為那是絕不會對外公開的魔法。我之前教你的魔法，都是被允許公開傳授的魔法，只要有錢、有關係，就有機會學到。但是特殊型不一樣，那是某個人或某個家族所獨有的魔法，也就是所謂的王牌，不到最後絕不翻開，所以也絕對不會向外流傳。」

在傑洛，許多知名的貴族家系都擁有一、兩個特殊型魔法。這些特殊型魔法經常橫跨數種分類，有可能同時兼具攻擊型與防禦型的力量，也可能是攻擊型與輔助型的綜合體，所以才被稱為特殊型。

「王牌啊……這麼說，你應該也會特殊型吧？」莫浩然好奇的問道。

「會啊。不過你絕對學不會，所以不教。」

「為什麼？」

「要是你的操魔技術練到能讓羽毛在雨中跳舞而不沾溼，我就教你。」

「……仔細想想，做人還是要腳踏實地一步一步來才對。我先學輔助型就行了。」

莫浩然果斷地放棄了學習特殊型的念頭。要做到傑諾說的那種程度，搞不好得練到下輩子才有希望。

「戰鬥中的輔助型魔法有好幾個，讓敵人陷入混亂的、封鎖敵人行動的、迷惑敵人意志的、隱藏行蹤的、修復損傷的，你想先學哪一種？」

莫浩然不由得生出一股自己似乎正在打電玩的錯覺。

「先學封鎖敵人行動的好了，這樣比較方便……不對！等等！你剛才說有修復損傷的可以學？」

「有啊，怎麼了？」

「我靠！你竟然還問我怎麼了——？」

開玩笑！打遊戲的時候，什麼道具都可以忘記帶，就是不能忘記帶補藥啊！要是自己能兼任補師，生存能力提升的可不只是一點半點啊！

操魔技術不好又怎樣？大不了拚消耗！有傑諾這個大法師在，只要不是遇上會被秒殺的對手，自己完全可以耗死對方！要學！這玩意兒一定要學！

「我要先學修補損傷！」

「你確定？」

「那當然！要是不會一、兩招補血技，怎麼有辦法單人破關！」

「補血？」

「就是治療的意思。」

「……我想你似乎誤解了什麼。」

「誤解？」

「修補損傷就真的只是修補損傷，完全沒有治療效果。」

「咦？」

「這個魔法的正式名稱叫『修復之型』，顧名思義，它是用來修復物體的，例如將斷劍重新接起來。要是用在人類身上，雖然可以讓傷口接合，但是流失的血液可不會憑空跑回來。另外，它只能應用在切割傷上面，要是遇到火燒之類的能量傷害就一點用也沒有。」

傑諾殘忍的粉碎了莫浩然想學會補血技的希望，照他的說法，修復之型只能作為應急處理的過渡手段，就像用釘書機或快乾膠堵住傷口一樣，根本沒有治療效果。

「而且在輔助型魔法裡面，修復之型算是最難學的一種哦。你確定你要先學這個？」

傑諾的質問充滿了鄙視之意，莫浩然頓時有些不爽。

「啊啊，沒錯，就先學這個！一開始就把最高難度打通，後來的就簡單了。」

玩格鬥遊戲的時候，莫浩然最喜歡這麼幹。雖然一開始會被電腦扁得亂七八糟，但自己的技術也會迅速提升，這就叫極限訓練法。

「好吧，你把地上那根樹枝撿起來，然後折斷。」

莫浩然照做了。

「聽好了，修復之型的價值，並不在於斷面的接合，那種小事用膠水就夠了。修復之型能辦到的，是更深奧的東西。元質粒子充塞於萬物之中，它能放射出魔力，而魔力也能反過來影響它。用魔力將元質粒子連結起來吧，記住，是連結，不是融合，要是你這麼做了，會讓元質粒子放射魔力，那樣反而會導致物體破損。」

傑諾一邊說明魔法的原理，一邊調動周遭的元質粒子。

「那麼，開始想像吧！描繪出樹枝被修復的印象。用你自己的理解，編織出樹枝被修復的結果。」

在這個世界，魔法師在建構魔法時，必須對這個魔法的「過程」有著明確的概念。這有點像是在解數學問題，套入公式——魔法的原理，然後求出答案——魔法的結果。魔法師在腦中描繪出的過程越是清晰，魔法的建構速度就越快。想提高建構魔法的速度，除了優異的想像力以外，豐富的學識同樣不可或缺。

幸運的是，這兩點莫浩然都不缺。

身為一個現代社會的高中生，莫浩然所擁有的知識量絕對凌駕於傑洛的同齡人，雖然欠缺深度，但廣度驚人，所以他才有辦法迅速建構魔法。

莫浩然根據傑諾的說法，試著想像元質粒子互相連結的樣子。在他眼中，樹枝顯現出無數顆明亮光點，那些光點全是元質粒子。

（連結……用繩子綁起來……？）

莫浩然試著用魔力將兩顆元質粒子互相捆綁，但魔力很快就消失，元質粒子也跟著散開。這個方法顯然不行，因為必須持續供應魔力才能讓物體保持完整，根本稱不上是修復。

（不能融合……元質粒子能放射魔力，魔力也能反過來影響元質粒子……連結……把它們給卡住？）

莫浩然細想傑諾所說明的原理，然後靈機一動，試著用魔力影響樹枝斷面的元質粒子排列，發覺果然可行。他想起了卡榫原理，於是將元質粒子排成卡榫，果然成功將元質粒子互相連結起來。

光一個卡榫當然不夠，必須多做幾個才夠牢固，否則隨便被人撞一下就又斷了，那還不如用膠水。但就在莫浩然造好第三顆卡榫時，他又突然想到一件事——自己究竟要做幾個卡榫才夠啊？

五個？十個？二十個？到底要弄出多少卡榫，才符合樹枝原來的硬度？太脆當然不行，太硬的話……呃，應該無所謂吧？

那麼，乾脆用一排元質粒子卡榫環繞整個斷面，這樣總行了吧？可是這種無數卡榫排在一列的景象，總覺得似曾相識……

接著，莫浩然總算想起來了。

（……是拉鍊！）

密密麻麻的卡榫接合起來的樣子，跟拉鍊還挺像的。這麼說來，自己在這個世界好像還沒見過拉鍊？哎，乾脆就作成拉鍊的樣子吧！

於是莫浩然直接弄出了一條歪七扭八的元質粒子拉鍊，將樹枝斷面整個接起來。雖然元質粒子拉鍊的形狀很粗糙，但那不會影響到樹枝的外觀，在一般人眼中，樹枝已經變得完好如初。

莫浩然用手掰了掰樹枝。很好，沒有斷，感覺也很堅硬，應該是成功了。

「好了，怎麼樣？」

莫浩然對傑諾問道，但是那位窩在他頭上的大法師卻遲遲沒有反應。

「怎麼了？」

「……不，只是有點吃驚而已。」

傑諾的聲音聽起來有些訝異。

「吃驚？啊啊，被我一次就成功這件事給嚇到了嗎？哎，其實我自己也一樣，想不到會這麼順利。」

「不是的。一次就成功當然也很厲害，但讓我感到驚訝的，是你的手法。」

「手法？」

「一般魔法師用的修復之型，大多是將元質粒子作成兩條螺旋纏繞的鎖鏈，也有人用鉤環結構，或是直接燒融，你卻是用凹凸絞合……這有點像是木工的卡榫，但更加俐落。那個Y型滑楔也很有趣，這樣一來不只可以接合斷面，也可以把斷面迅速分開。我從沒見過這種手法，真有意思。」傑諾半是感嘆半是佩服的說道。

「所以呢？我這樣子應該沒問題吧？」

「沒問題。雖然手法怪異，但你已經學會修復之型了。」

莫浩然忍不住微笑。不管是解開數學問題也好，學會新的魔法也好，這種因為完成某件事而產生的成就感，總是令人感到高興。

就在這時，莫浩然察覺背後突然出現一股氣息。他嚇了一跳，以為又有怪物悄悄潛到身邊，連忙發動瞬空之型往前猛衝。等到拉開距離後，他回頭一看，發現原來是少女。

「哇塞！拜託！不要每次都突然出現在我後面，很嚇人耶！」

莫浩然大聲抗議，但少女只是面無表情的看著他。少女手中似乎捧著什麼東西，仔細一看，原來是她先前所戴的面具。當初在灰鎖監獄與影伏戰鬥時，這副鬼面具就被弄壞了，沒想到少女一直把它帶在身上。

莫浩然看了看沉默不語的少女，然後看了看少女手中的面具。

「……妳該不會是要我修吧？」

少女點了點頭。

「妳不會自己修嗎？」

少女搖了搖頭。

「妳不會修復之型？」

少女點了點頭。

這次輪到莫浩然驚訝了。少女的魔法實力比他強上太多，簡直就是螞蟻與大象的差別，他還以為少女沒有不會的魔法呢。

「呃，其實這個不會很難。想學的話，我可以教妳。」

少女搖了搖頭。

「為什麼？學會這個的話不是很方便嗎？以後妳有東西壞掉不就可以自己修了？」

「我學不會。」

少女總算開口說話了。

「學不會？沒那回事，這又沒有多難，像我這樣的菜鳥還不是一下子就——」

「不，她說的是真的，她學不會。」

傑諾突然插嘴說道。

「咦？為什麼？」

「你忘了嗎？她不是人類。她之所以會使用魔法，不是因為天生的才能，也不是因為後天的努力，而是莎碧娜直接將相關知識灌輸到她腦中的緣故。」

「……你的意思是，她學習魔法的方式跟人類不一樣？」

「就是這樣。」

「是嗎？那就沒辦法了。」

莫浩然搔了搔頭，然後接過少女手中的面具。面具並沒有被破壞得很嚴重，只是從中裂成兩半而已，莫浩然一下子就把它修好了。

「吶，拿去。」

少女接過面具，然後鄭重的將它戴上。

「妳好像很重視這個面具啊，有什麼原因嗎？」莫浩然隨口問道。

原本他並沒有期待少女會有所回應，沒想到對方真的回答了。

「因為這是莎碧娜大人賜給我的東西。」

少女的聲音一如既往的冷淡。但是，總覺得可以窺見隱藏於那股冷淡之後的感情。

「——謝謝。」

聲音雖然輕微得幾不可聞，但莫浩然還是聽到了。

這是少女第一次對莫浩然道謝。

※◆※◆※◆※

在雷莫的字典裡，並沒有所謂的「村落」或「市鎮」之類的字眼。即使是規模最小的人類聚集地，其人口總數至少也在五千人以上。不論地位高低，不論貧窮與否，每個人都居住在「城市」裡，差別只在於住在城市內的哪個區域而已。

之所以會出現這種情形，原因在於自然環境。

除了必要的水源以及天然資源，安全是最主要的考量因素。

在這個名為傑洛的異世界，人類並非占據絕對強勢地位的生物。傑洛是個被魔力所掌握的世界，而擁有魔力的生物並不侷限於人類。

無魔力者絕對無法戰勝有魔力者，這是傑洛的法則。

許多生物的魔力遠在人類之上，人類的智力雖然能夠抵銷一部分的劣勢，但是最多也只能做到為自己保留一片生存之處，無法像地球的人類一樣，成為地表的支配者。即使在時間的醞釀下誕生了優秀的文明，依舊無法克服魔力所帶來的極限，到最後，人類的活動領域僅占了傑洛的四分之一。

受限於危險的自然環境，人們不得不集結起來以求自保，因此城市變成了唯一的行政區。不只雷莫一國，其餘的三個人類國家也都是如此，因此戰爭的目的不在於占領土地，而在於征服城市。

普列尼斯是一座位於雷莫境內西側的小型城市，人口總數約一萬八千人，出產多種珍貴礦物，而且相當接近邊境防線，因此雷莫在此地駐有重兵。空騎軍團總元帥亞爾卡斯在進行例行軍事巡察時，便將普列尼斯列為第一個巡察目標。

三年前的大戰結束後，雷莫與西邊的宿敵亞爾奈締結和約。在那之後，西區開始享受得來不易的和平，外地的人口開始流入，經濟也跟著繁榮起來。雖然大家都知道那紙和約隨時有可能被撕破，但依舊無法阻擋普列尼斯日漸興盛的腳步。

亞爾卡斯在抵達普列尼斯的當天，這座城市的統治者梅羅子爵便前來打招呼。

梅羅子爵是一個非常注重儀容的中年人。塗油的棕髮梳得一絲不苟，上唇蓄著兩撇優雅的鬍子，衣服燙得筆挺，一絲皺紋都沒有，每顆鈕釦都擦得光彩燦爛，皮靴也是黑得發亮。

成為這傢伙的僕人可真辛苦啊，亞爾卡斯充滿惡意的想著。

「以無所不在的至高魔力祝福您，普列尼斯子爵梅羅在此向您致意，亞爾卡斯公爵大人。」

「以無所不在的至高魔力祝福您，很高興能見到您，梅羅子爵。」

梅羅子爵行禮，亞爾卡斯也同樣回禮。梅羅的行禮姿勢非常端正，簡直就像是在家演練了無數次一樣，相較之下，亞爾卡斯的姿勢就顯得隨便了一些。這樣的差別並非源於地位，而在於性格。

梅羅是個以貴族血統為傲的男人，他認為有魔力者天生就比無魔力者更加優越，因此凡人應該無條件接受魔法師的統治。凡人供養魔法師是天經地義之事，魔法師的一滴血比得上凡人的千條命。也正因為魔法師生來就高高在上，所以應該時刻注意自己的儀表，表現得不同於那些庸俗的凡人。

亞爾卡斯對這類傢伙一向敬謝不敏，無奈對方前來拜訪的理由堂堂正正，讓他沒有拒絕接見的道理，因此只好一邊忍受心理上的不適，一邊跟梅羅談話。

在你來我往的應酬話告一段落之後，亞爾卡斯原以為對方會就此告辭，但梅羅卻露出猶豫的表情。

「怎麼了嗎，梅羅子爵？」

見到梅羅這副模樣，亞爾卡斯頓時明白對方的來訪沒有那麼簡單。

梅羅沉默了好一會兒，然後才彷彿下定決心似的開口。

「亞爾卡斯大人，您對於那位新的一級通緝犯有何想法？」

「唔，桃樂絲嗎？」

雖然訝異於梅羅為何會問這個問題，但亞爾卡斯還是回答了，不過卻是有所保留的回答。

「老實說，目前手中的情報不足，還不足以確定對方的能力。但能被列為一級罪犯的，都是魔法師無疑，況且這是由女王陛下親自發布的通緝令，想必實力不俗。我猜想，此人的魔法實力起碼應該是子爵級以上吧。」

梅羅聞言點了點頭。

「我也是這麼想的。」

「怎麼了嗎？難不成那位通緝犯就躲在這座城裡？」亞爾卡斯半開玩笑的說道。

沒想到的是，梅羅竟然神色沉重的點頭了。

「當真？」

聽到這個消息，亞爾卡斯也不禁坐直了身子。自己在出發前才想著會不會碰到桃樂絲，結果巡視的第一站就遇見了，事情真有這麼巧？

「事實上，城裡不久前才發生了一起殺人案。被害人不僅是一位貴族，而且還是魔法師，二等勛爵。被害人在晚宴結束後的回家途中被殺害，凶手在馬車車廂上寫了自己的名字——桃樂絲。」

「確定是真貨嗎？不瞞您說，這陣子有一堆自稱是桃樂絲的混蛋到處做案，我甚至懷疑這個名字指的不是一個人，而是一個組織了呢。」

「您的懷疑我能理解，一開始我也這麼想。後來在調查途中，我們查到凶手曾經寄了一封勒索信給被害人，威脅被害人若是不肯支付大筆金錢，就要予以殺害。」

「簡直就像是三流騙子的騙術。」

「是的，但被害人真的死了。更糟糕的是，隔天就出現了第二個犧牲者。第二被害人的情況也是一樣，曾收到勒索信，沒有理會，然後被殺。第二被害人也是魔法師，一等勛爵。」

「唔……」

亞爾卡斯知道梅羅究竟想表達什麼了。無論對方是不是桃樂絲，重點在於，對方確實擁有殺害魔法師的能力。最壞的發展，就是那些勒索信真的是桃樂絲所寄，如此一來，普列尼斯城的貴族圈必定變得人心惶惶。

緊接著，梅羅扔出了更加驚悚的消息。

「然後，我昨天也收到了勒索信。」

「您也──？」

梅羅苦笑的點了點頭。

「對方要求三百枚金夸爾，限定今天黃昏時支付。」

「三百金夸爾？這傢伙可真敢開口。」

這差不多是一位子爵累積三代的全部身家了，梅羅是不可能付出這筆錢的。

「我了解您的意思了，您希望由空騎軍團代為出手是嗎？」

「正是如此。說來慚愧，如果真是桃樂絲，我實在沒有把握能對付她。您也知道，魔法師差了一個級距，實力差別會有多大。」

魔力越強地位越高，這是傑洛的法則。在雷莫，貴族習慣直接用爵位來劃分魔法師的水準，而且爵位越高，與下層爵位的實力對比越大。一個子爵級魔法師的戰力足以抵過三、四個男爵，或是十二、三位勛爵。如果是伯爵級，就足以媲美五、六位子爵級了。

梅羅是普列尼斯城的統治者，也是此城最強的魔法師。魔法師之間的戰鬥不是靠堆疊人命就能取勝的，如果桃樂絲的實力真在子爵級之上，梅羅可說是死定了。

「當然不敢勞煩您親自出手，只要派幾個得力部下出面就行了。我願意出一百金夸爾作為謝禮。」

「一百金夸爾？您可真慷慨。」

「用一百金夸爾就能換到本城貴族的和平與安寧，我覺得很值得。」

不說「本城居民」，而是用「本城貴族」，可見梅羅根本不把普通人的安危放在眼裡。亞爾卡斯對梅羅的措詞感到有些不快，但他沒有表現在臉上。

「知道了，我會派人處理的。」

就這樣，亞爾卡斯答應了梅羅的請求。

※◆※◆※◆※

春天是充滿生機的季節，這點不管是地球或異世界都一樣。

傑洛的植物種類與地球大不相同，樹木的葉片並不僅僅只有綠色而已。黃葉的金柏樹、藍葉的蒼骨樹、紫葉的紫雨樹、綠葉的翠衣樹……色彩相異的樹葉爭先恐後的從樹梢上萌芽，隨著暖風不斷搖曳，形成一片令人眼花撩亂的繽紛世界。

在地球上是絕對看不到這樣的景色。這幅有如幻想畫般的壯麗美景，為莫浩然增添了數分來到異世界的實感。

太陽即將觸碰地平線，再過不久就是黃昏了。此時天色依舊明亮，但是理應在夜晚才現身的四個月亮，已經有其中一個悄悄現身。

「是新月……」莫浩然看著天空喃喃自語。

傑洛一年有十六個月，跟地球一樣是根據月亮盈虧來制訂曆法，問題是傑洛有四個月亮，因此曆法的規則遠比地球複雜得多。莫浩然來到傑洛已經一個多月了，到現在還是搞不懂月相變化的規律。

雖然有點早，不過莫浩然還是決定停下來紮營休息。

騎著捷龍跑了一整天，腰部、背部與大腿都痠痛得不得了，從捷龍的背上跳下來的時候，莫浩然擺著奇怪的姿勢，同時露出痛苦的表情。身後的鬼面少女倒是一副完全沒事的樣子，明明騎的是同一條捷龍，為什麼差距會這麼大呢？莫浩然百思不得其解。

「騎了這麼久，你怎麼還沒習慣啊？」

寄宿於莫浩然頭上的大法師事不關己的說道。

「囉嗦，不然我們來換看看。」

莫浩然沒好氣的回嘴。

「你也不是小孩子了，別老是說些不可能的事。」

「……媽的。」莫浩然咬牙切齒的低聲咒罵。

一同旅行了這麼久，莫浩然也已經搞清楚傑諾是個什麼樣的傢伙了。簡單的說，這位自稱大法師的男人是一個性格糟糕的大混帳，說起正經事的時候還好，一旦開始閒扯，不順便諷刺幾句絕不甘心。莫浩然懷疑他之所以會被莎碧娜關起來，就是因為嘴巴太賤。

莫浩然開始做起野營的準備。鬼面少女站在一旁，既不動手也不動口，嚴格執行監視任務。

捷龍是草食性的生物，莫浩然把繩子綁到樹幹上，讓牠自己去找東西吃，接著開始生火。

在委託西格爾幫忙採購的糧食裡，有一種用紙包起來的圓球形物體，原本莫浩然不知道那是什麼東西，後來經過傑諾的解釋，才知道那是用來煮湯的東西。圓球的外殼是用調味料做成的，殼裡包著醃肉塊與脫水蔬菜，只要丟入熱水就能煮出一鍋好湯。一言以蔽之，就是異世界版的速食調理包。

「啊——好煩！」

晚餐準備到一半，莫浩然抬起頭，用手指把長髮往後梳。

「我說你能不能變短一點？這麼長很不方便耶！又熱又悶，流汗的時候會黏在脖子上！逆風的時候也會被吹進嘴裡！」

莫浩然對傑諾大聲抱怨。因為覺得抱怨這種事有損男子氣概，所以他先前一直忍著不說，現在終於受不了了。女生留長髮究竟是一件多麼辛苦的事，他總算能夠體會了。

「可以是可以，但我不想把力氣浪費在這種事之上。」

傑諾想也不想的拒絕了。他的本體並不在這裡，在這裡的傑諾，只是精神波投影，所以可以自由改變外形。要變形，必須先解除與莫浩然的靈魂同調，然後再重新同調回來，一來一往太麻煩了。

「要是覺得麻煩，綁起來不就好了？」

「綁起來……？」

對啊，為什麼不把它綁起來呢？莫浩然用右拳敲一下左掌，露出恍然大悟的表情。

「……有時我真為你的遲鈍感到憂心。我開始懷疑自己是不是選錯人了，竟然召喚到一個笨蛋來救我。」

「吵死了！只是一時沒想到而已啦！」莫浩然有些惱羞成怒的說道。

其實不是沒想到，而是沒時間去想。

自從來到傑洛後，莫浩然為了適應環境，大部分時間都用在吸收傑諾傳授的知識與練習魔法上面，偶爾閒暇的時候，則是會不自覺的想起地球的事情。

蛇哥的債款、未來的生活……一閉上眼睛，這些事就像水中的氣泡一樣，不斷浮出意識的水面，讓他難以入眠。

如果換成了其他同年齡的少年，或許就不會煩惱這麼多了吧？年輕人缺乏深思熟慮的能力，總是燃燒著無畏的火焰，經常憑著幹勁一股腦往前衝。然而因為生活環境的磨鍊，莫浩然將那股火焰凝縮於體內，以名為理智的外殼將其包覆。他在向前踏出一步時，不僅會思索上一步有無踏錯，也會思索下一步的正確與否。這也就是為什麼他會在黑道酒店打工這麼久，卻一直沒有誤入歧途的原因。

整天都在煩惱中度過的莫浩然，自然沒心情研究如何整理自己那一頭雪白長髮了。這就跟那些工作忙碌到忘記吃飯的人一樣，不是太笨，而是太忙。

「好，那就綁起來吧。呃，繩子……有繩子嗎？」

莫浩然開始在行李裡面翻找可以用來綁頭髮的東西。

就在這時，一股氣息突然在莫浩然身後出現！

莫浩然反射性的往前一撲，一口氣跳過捷龍的背，然後在草地上滾了兩轉。能立即做出這樣的反應，恰巧證明了這段時間他在野外遇到多少危險。

「我靠又是妳！下次靠近的時候拜託先講一聲好不好啊！」

莫浩然滿身草屑的爬起來，發現原來是鬼面少女。

自從面具修好後，少女就一直戴著那副造型猙獰的恐怖鬼面，被她用這模樣無聲無息的貼近背部，任誰都會嚇一跳。

鬼面少女沉默的看著莫浩然，然後將手伸進自己的大衣口袋，從裡面掏出一條黑色細繩。

「繩子？呃，是要給我的嗎？」

鬼面少女點了點頭。

「哦，謝啦！來得剛好！」

莫浩然伸手想要接過，但是少女卻沒有把繩子交給他。

「……幹嘛？不是要給我嗎？」

鬼面少女搖頭，然後說出了令莫浩然嚇一大跳的話。

「我來綁。」

「——啥？」

莫浩然發出很蠢的聲音，以為自己聽錯了。

「我來綁。」

鬼面少女再次說道。她的聲音冷淡如昔，彷彿幫人綁頭髮是一件很正常的事。

「不，不用了。我自己來就行了。」

莫浩然搖手拒絕。

「我來綁。」

鬼面少女依舊堅持。

「不用了，謝謝，我自己會綁，真的。」

「我來綁。」

「我自己會綁。」

「我來綁。」

「就說我自己會綁了，不用了啦！」

「我來綁。」

「妳究竟是有多想幫人綁頭髮啊！幫我綁頭髮有這麼好玩嗎？」

「我來綁。」

「就說不用了——我靠湯滾了！」

「我來綁。」

「現在不是說這個的時候！湯灑出來啦！火都要被澆熄了！」

「我來綁。」

「臥槽妳不用吃飯我還要吃飯啊！好啦！給妳綁就給妳綁！」

莫浩然舉手投降，於是這場莫名其妙的爭執以鬼面少女的勝利告終。

雖然不知是基於何種理由，總之鬼面少女堅持要幫莫浩然綁頭髮。因為實在拗不過對方，莫浩然只好勉為其難同意了。

鬼面少女站到莫浩然身後，然後用手指梳理那頭白色長髮。

當後腦勺感受到對方那柔軟的手指觸感時，莫浩然的心跳稍微加快了一點。

就算是在原來的世界，莫浩然也很少跟同年齡的女生講話。

整天忙著打工的他，對男女交往這種事沒什麼興趣，結果現在卻讓一個美少女幫自己整理頭髮，這實在是奇妙的經驗。

「不要動。」

鬼面少女的聲音從後面傳來，她的手指微微用力，把莫浩然的頭固定住。

「嗯，啊……那個，妳好像很習慣幫別人綁頭髮。」

為了掩飾自己的不好意思，莫浩然決定開口說點什麼。

鬼面少女嗯了一聲。

原本以為對方的回應到此為止，沒想到她繼續接著說了下去。

「我偶爾會幫莎碧娜大人整理頭髮，莎碧娜大人有時也會幫我綁頭髮。」

「——啊？」

莫浩然忍不住在腦中想像起來。兩個臉孔相似，但年紀不同的女性互相整理頭髮……那樣子的畫面，或許也算得上是一種奇景。

「那個大 BOSS……不，我是說莎碧娜的頭髮，都是妳綁的嗎？」

「不。一般都是交由侍女負責。我的任務是護衛，如果侍女有危害莎碧娜大人的舉動，我會立刻拔劍斬殺。」

鬼面少女用理所當然似的語氣，說出了危險的話語。

「有一次出門的時候，莎碧娜大人身邊沒有跟著隨身侍女，於是問我會不會綁頭髮。我說不會，莎碧娜大人說：『沒關係，試試看。』那是我第一次綁頭髮。」

「……然後呢？」

「我綁的樣子跟侍女綁的不一樣。莎碧娜大人沒有生氣，只說：『第一次做到這樣算不錯了，回去再重綁就行了。』不過回去之後，莎碧娜大人一直沒有重綁。我有提醒，不過莎碧娜大人說：『現在沒空，明天再說。』直到晚上才解開頭髮。」

那個跟最後魔王沒兩樣的女人也有這一面啊？莫浩然心想。

「綁好了。」

鬼面少女鬆開手。

手邊沒有鏡子，所以莫浩然無從得知鬼面少女究竟綁了什麼髮型。用手摸了摸，從觸感來看，應該是馬尾之類的吧。

「呃，謝謝。」

莫浩然向鬼面少女道謝，但少女沒什麼反應。

「唉——那麼，吃飯了、吃飯了。」

為了掩飾尷尬，莫浩然故意轉移話題。營火上的湯早已煮好，濃郁的香味瀰漫四周。

正當莫浩然把手伸向湯鍋時，一道黑影突然從後方的草叢衝了出來！

此時鬼面少女正好站在莫浩然的後面。當黑影衝出草叢的瞬間，鬼面少女便判斷出黑影會直接撞上自己，因此第一時間拔劍斬向對方。

然而黑影不但沒有被斬開，反而砰的一聲，直接將鬼面少女連人帶劍撞飛了！

「什麼──？」

莫浩然這時才反應過來，並且被鬼面少女的迎擊結果嚇了一大跳。他親眼見過好幾次鬼面少女直接將怪物一刀兩斷的畫面，很清楚鬼面少女的斬擊究竟有多恐怖。能夠將鬼面少女給撞飛，對方絕不是普通的怪物！

那團黑影雖然撞飛了鬼面少女，但自己也被彈到另一邊。莫浩然趁此機會聚集魔力，穿弓之型與瞬空之型早已蓄勢待發！鬼面少女也很快從地上跳起來，準備應付接下來的惡戰。

但是，戰鬥的鐘聲遲遲沒有打響。

不知為何，那團黑影倒在地上一動也不動。

黑影的真面目是一個紅髮小女孩。由於面部朝地，所以看不見她的臉孔。體型嬌小，身高只到莫浩然的一半，看起來年紀應該不大。即便如此，莫浩然依舊不敢鬆懈。

傑洛和地球不一樣，是一個充滿了怪物與野獸的地方。雖然對方看起來只是一個小女孩，但是莫浩然知道不能用自己的常理來看待傑洛的事物。

莫浩然與鬼面少女謹慎的保持備戰姿勢。

小女孩依舊沒有站起來，只是一直趴在地上。

（正在積蓄力量嗎？還是裝死好讓我們大意？等到我們靠近了就會突然撲過來嗎？）

莫浩然一邊猜測小女孩的意圖，一邊思考要不要先發制人。他的穿弓之型在三公尺內才有擊中目標的把握，現在的距離還太遠，但要是繼續靠近，難保不會發生什麼意外。

莫浩然不願輕舉妄動，鬼面少女也是一樣，沒有率先動手的打算。兩方就這樣僵持不下，彼此對峙。

空氣彷彿繃緊的弦，奇妙的沉默籠罩著四周。

「咕嚕咕嚕——」

突然，一道怪異的聲音劃破了這股靜默。

聲音來自於小女孩的肚子。

旅行日 02

吟遊元帥

傑洛是一個非常遼闊的世界。

在地球，人類以萬物之靈自居。經過數百萬年的演化，人類捨棄了純粹的肌肉路線，改以大腦作為進化的主軸，最後憑藉著優越的智力稱霸世界。然而在傑洛，智力與人類不相上下、甚至超越人物的生物比比皆是。

以個體的角度，人類沒什麼特別的強處，但如果從種族的角度，人類就具備了在這個險惡世界立足的資格。單一人類的力量是很弱小，但許多人類的力量卻很巨大。人類創造了一個完整的社會系統，將集體的力量發揮到最大，取得了與那些可怕怪物們平起平坐的資格。

但是，人類並非唯一一個透過這種模式獲得生存空間的種族。

除了人類以外，還有其他種族也同樣具備這種系統，藉此在傑洛占有一席之地，那就是獸人。

獸人是一種外形與人類相似，但擁有某種野獸特徵的種族，例如尾巴、尖耳、鬣毛、爪牙等等。獸人智力與人類不相上下，擁有高度學習能力，也有自己的語言與文字系統。

先前突然襲擊莫浩然的紅髮小女孩，正是一位標準的獸人。

此時的小女孩已經醒了過來，並且正以驚人的氣勢掃蕩莫浩然的存糧。她就像是倉鼠一樣，拚命地把食物往自己嘴中猛塞。等到臉頰鼓脹至極限後，再用力咀嚼，最後一口吞下，吃法極其豪邁。

莫浩然眼神呆滯的看著小女孩，他的愕然一半源於對方的吃相，另一半則是因為對方的食量。那種彷彿永無止境的食欲，簡直只能用無底洞來形容。

小女孩有著類似貓科動物的雙耳，以及一條不斷來回甩動的尾巴，一頭紅髮綁著雙馬尾髮型，無論從哪個角度來看，都是一位不折不扣的貓耳娘。除了耳朵與尾巴，這位貓耳女孩的外表都跟人類沒兩樣，而且還有一張非常符合人類審美觀的可愛臉蛋。她穿著看起來很涼快的民族風服裝，露出小麥色的大腿與手臂。

或許是因為太過專注於吃飯的關係，那張可愛的臉蛋此時正散發出微妙的殺氣。凡是被貓耳女孩的視線所捕捉到的食物，下一秒鐘就會消失不見，淪為她胃袋的祭品。

「終於連貓耳娘都出現了啊……是說你們這裡有沒有精靈或巨魔？我想我有必要確定一下傑洛的世界觀。」莫浩然好奇的問道。

「那是什麼？」傑諾不解的反問。

於是莫浩然將奇幻小說裡面常見的精靈形象說了一遍，然後得到了否定的答案。

「沒那種生物。跟人族外表相似的，就只有獸人族而已。」

「是哦，可惜。」

莫浩然覺得有些遺憾，要是有精靈或龍的話，就更有幻想世界的味道了。

嚴格說起來，傑洛有點像是工業革命時代的地球，至少社會環境相仿，只不過傑洛用的能源不是煤，而是魔力。換言之，傑洛是一個接近蒸汽龐克的世界。

所謂蒸汽龐克（Steampunk）是一種著重於工業革命早期科技力量的幻想題材，作者構築出一個架空世界，而這個世界的特點在於蒸汽的力量無限大。廣義來說，只要是將某種科技置於核心地位，並將其力量無限化的時代或文化，就可以被稱為蒸汽龐克。傑洛是個魔力凌駕一切的世界，正好符合此一定義。

「沒什麼好遺憾的。光是一個獸人族就夠讓人族頭痛了，要是再多來幾個高級智性種族，人族應該會活得更辛苦吧。」

「人類與獸人關係不好嗎？」

「雖然還不到一見面就要殺來殺去的程度，但互相敵視是必然的。唉，雙方的爭鬥延續了幾百年，這也是很正常的事。」

「是哦。」

「所以像你這樣見到昏倒的獸人，不但沒有把她殺死或逃跑，反而還請吃東西的例子，可是少之又少。」

「我不算傑洛人，所以沒差。」

「不要大意，小心對方吃飽了就翻臉吶。別因為對方是小孩子就輕視她，獸人也能使用魔力，而且是人人會用。」

「魔法師？每個人都是？」

莫浩然嚇了一大跳。如果人人都是魔法師，那獸人一族的力量該有多大啊？傑洛的人類竟然敢與這種種族為敵，實在是太有種了。

「人人都是。但獸人的魔力使用方式跟我們不一樣，我們用魔力干涉外界，他們則是用來干涉自己。獸人以魔力強化肉體，就算是小孩也有一拳打爆人類腦袋的力量。」

想起先前這名貓耳娘以血肉之軀硬撼少女斬擊的那一幕，莫浩然忍不住偷偷往後坐了一點。

「噗哈——吃飽了。」

小女孩滿足地嘆了一口氣，臉上露出幸福的表情。

「……當然會飽，妳可是吃了五人份。」

莫浩然看著空空的湯鍋，小女孩連他的份也一起吃光了。

「謝謝招待。雖然味道不怎麼樣。」

「……那還真是抱歉了。」

莫浩然看著連一點殘渣都不剩的鍋底，想著要不要乾脆重新煮一鍋湯。

「你真是個怪人耶。」

小女孩突然說道。

「喂，對於免費請妳吃飯的人，應該要懷抱著感謝的心情才對吧。」

「是很感謝啊，可是，你的確是個怪人。」

「啥？那裡奇怪了？」

「從頭到腳都很奇怪。」

被人罵得這麼徹底，莫浩然反而不知該如何回答才好。

莫浩然的確不屬於這個世界，就算被人喊作是「奇怪的傢伙」也是無可奈何的事。

「而且老是自言自語，爺爺說這種人通常腦袋有問題。」

「……好吧，我知道了，請直接把我當成怪人吧。」

傑諾的聲音可以直接在莫浩然腦中響起，但莫浩然必須發出聲音才能向傑諾傳達訊息，看在第三者眼中，莫浩然的確像是在自言自語。比起腦袋有問題，莫浩然寧願被看成怪人。

「吶，你知道我是什麼人嗎？」小女孩指了指自己。

「貓耳娘。」莫浩然想也不想的回答了。

「咦？」

「啊、不，沒事。妳是獸人。」

「原來你也知道嘛，我是獸人哦，而且是獅子族的。」

小女孩挺起發育不良的胸部，一臉驕傲的表情。

「哦。」

雖然不知道獅子族到底有什麼了不起的，但莫浩然還是附和著點了點頭。

「所以呀，我是獸人哦，可是你還請我吃飯。」

「妳想付錢嗎？如果妳堅持的話，我不會介意。」

莫浩然伸出右手。小女孩呆呆地看著莫浩然的右手，然後笑了出來。

「啊哈哈哈，可是我沒有錢耶。」

「我想也是。」

「好吧，看在你請我吃東西的分上，就放過你吧。」

帶著燦爛的笑容，小女孩說出了讓莫浩然摸不著頭緒的話。

「什麼？」

「爺爺說人類很狡猾，而且很會騙人，所以一看到人類，就要用力把他們打到無法騙人為止。可是你已經請我吃飯了，所以就算了吧。」

「……這樣啊。」

這段給可愛孫女的叮嚀實在有太多可以吐槽的地方了。

「那麼，感謝招待。再見啦！」

小女孩朝莫浩然揮了揮手，然後突然咻的一聲消失了。莫浩然還來不及反應，就聽見頭上的樹葉沙沙作響。抬頭一看，只見一道黑影從眼角竄過，下一瞬間便消失不見。

「好快……！」

莫浩然不禁愕然。要是小女孩剛才真的動手的話，在這個距離下，他根本沒有閃躲的機會。

「看到了吧？以後做事要謹慎一點，不然什麼時候被殺都不知道。」

傑諾的聲音在腦中響起。

「哎，知道了、知道了。」

莫浩然坦率的認錯了。

就在他準備重新燒水煮湯時，耳邊突然傳來一聲巨響！

靠！這麼快就反悔翻臉了？莫浩然一驚，同時發動瞬空之型，直接逃到一棵樹的後面。但很快他就知道自己誤會了。巨響來自樹林深處，而且一陣接一陣的不斷傳來。

「怎麼回事？」莫浩然詢問傑諾。

「有怪物在打架吧。」

怪物也有所謂的地盤意識，一旦有足以威脅自己的強大生物闖入勢力範圍，就會將其驅離。由於有魔力異化──生物受到魔力影響而突變──這項變數存在，使得這個世界每天都會有新的怪物出現，是故此類鬥爭屢見不鮮。

「會不會波及到我們？」

傑諾聞言嘆了一口氣。

「幹嘛？嘆什麼氣啊？」

「你啊……我真不知道教你魔法到底有什麼用。這種事用明鏡之型看一下不就得了？」

莫浩然恍然大悟。傑諾教他的魔法，除了瞬空之型，其他魔法他很少使用。穿弓之型？打不中目標，用也是白用。壁壘之型？要是能閃過，白痴才會傻傻被怪物打。明鏡之型？怪物都近在眼前了，用那個要幹嘛？

要不是傑諾提醒，莫浩然都快忘記自己會這招了，於是他集中精神，開始發動明鏡之型。

※◆※◆※◆※

根據雷莫官方所頒布的城市防衛條例，每一座城市都必須以自身為圓心，劃出一塊圓形的警戒區。

城市必須想盡辦法排除掉圓形警戒區裡面的怪物，這不僅是為了保障居民的安全，也是為了確保必要的糧食與資源。警戒區的大小依城市規模而定，以雷莫首都巴爾汀為例，警戒區的範圍便達半徑一百公里。

不論是否為該城居民，只要踏入警戒區，就會無條件受到城市駐軍的保護，但要是不幸在警戒區外面被怪物襲擊，就只能自求多福了。

勒索梅羅子爵的犯人，要求在黃昏時分，於警戒區之外的樹林裡交付金錢。

敢提出這種要求，證明犯人對於自己的實力有自信，即使遇見怪物也有打贏或逃跑的自信。由此可知，犯人必然是魔法師。凡人可沒那個膽子踏出警戒區，就算是窮凶極惡之徒亦然，沒有魔力的人，出了警戒區的死亡率是百分之百。

「城外交錢是無所謂，但為什麼偏偏要挑在黃昏呢？會擔誤晚餐時間吶，真麻煩。」

亞爾卡斯一邊抱怨，一邊漫步於樹林之中。

亞爾卡斯獨自一人，身邊沒有跟著任何部下。臨行前，他也沒有告知部下自己的行蹤，只扔下一句「我去散散步」就跑掉了。

沒錯……亞爾卡斯打算親手捉住那個犯人。

堂堂軍團元帥竟跑來做這種工作，實在有大材小用之嫌。亞爾卡斯並非想討好梅羅，也不是體恤部下辛勞，純粹只是對辦公桌上那一疊又一疊的報告書感到厭煩，才會想趁機出來透透氣而已。當然，他也很想見識一下能讓莎碧娜親口指示發布通緝令的桃樂絲，究竟是個什麼樣的角色——如果犯人真的是桃樂絲的話。

亞爾卡斯不認為這次的事件是桃樂絲所為。

亞爾卡斯沒有確切的證據，純粹是直覺使然。即使如此，他還是覺得有親自跑一趟的必要，這也是直覺。這位年輕的元帥隱約感覺到，普列尼斯城的勒索殺人事件有點不太對勁。

引以為傲的直覺加上想要偷懶的心情，構成了他參與這件事的理由。

此時的亞爾卡斯已經脫下軍裝，穿著黑色斗篷，將臉孔深藏於兜帽之下，外表看起來就跟一般的旅行者沒兩樣。他刻意使用瞬空之型趕路，但又把速度壓制到與勛爵級魔法師差不多的水準，就連靈威也壓抑住了。

抵達了約定的地點，四周卻不見人影。

亞爾卡斯可不覺得自己來早或來晚了，想來對方必然正躲在暗處窺視自己吧。

如果自己會偵測型魔法就好了，亞爾卡斯心想。

魔法的建構要素不只是知識，天賦也是極其重要的因素。能夠成功建構偵測型魔法的人少之又少，因此這一類的魔法師算是稀有人才，也比一般的同等級魔法師受到重視。但凡事有利必有弊，擅長偵測型魔法的人，在其他領域的魔法上通常表現不佳。

亞爾卡斯貴為公爵級，但也不會明鏡之型。他雖然知道這種魔法的原理在於魔力擴散，但每次他一使用，魔力波就會轟碎一切，硬生生把偵測魔法變成了攻擊魔法——而且還是廣範圍殲滅型的。

「我是普列尼斯子爵梅羅大人的使者！藏頭縮尾的傢伙，還不趕快出來！」

亞爾卡斯高喊。他的聲音並不大，但對這片靜謐的樹林而言已經足夠響亮。

下一秒鐘，異變突生！

「——嗯？」

亞爾卡斯發現自己的靈威範圍突然銳減了。

（鈍化紋陣！）

鈍化紋陣是一種「用元質粒子封鎖元質粒子」的技術。其原理在於將元質粒子進行特殊排列，藉此固定或遲緩特定範圍內的元質粒子，不同的排列方式會出現不同的鈍化效果，甚至還會附加特殊屬性。鈍化紋陣是低階魔法師用來對付高階魔法師的有力武器，因此相關技術一直被軍方牢牢掌握，極少外流。

（不只一個，而且很高級……！）

亞爾卡斯沒想到會在這種地方遭到鈍化紋陣的攻擊，不由得大吃一驚。在他驚愕之際，數道黑影從前後左右的樹木後面猛然竄了出來。

黑影的真面目是穿著緊身裝束的蒙面人，他們手握利刃，劍刃倒映著碧綠的螢光，顯然塗了劇毒。鈍化紋陣的封鎖不分敵我，所以蒙面人的速度倒是與一般人差不多，雖然沒有使用瞬空之型，他們卻以人數保證了刺殺的成功率。

「哼！」

亞爾卡斯拔出腰間的長劍，然後橫劍一掃。

瞬間，銀白色的光芒撕裂空間。

亞爾卡斯的劍上燃燒著銀炎，長劍揮舞的同時，銀炎也跟著向外延伸燒灼，形成一道銀色的光之波紋。蒙面人一接觸這道光之波紋，立刻被擊飛出去。

只用一劍，亞爾卡斯就打退了眾多敵人。

但，第二波的攻擊已經到來。

幾乎就在亞爾卡斯擊退蒙面人的那一剎那，無數光彈從樹林深處疾射而出。光彈同樣來自四面八方，將所有閃避的路線與角度全部封鎖住。

亞爾卡斯再次揮劍。銀炎再現，僅用兩劍就將光彈全部掃飛。

亞爾卡斯所用的招式名為「煌威之型」，屬於子爵級以上才能施展的魔法。這個魔法不僅可以強化武器，還能同時放出短距離魔力波，最適合用來應付複數敵人。

「戰術不錯嘛。鈍化紋陣、近身刺殺、遠程狙擊，這招待真是豐盛。」

亞爾卡斯走向其中一個被他擊倒的蒙面人。或許是被亞爾卡斯的身手所震懾了吧？樹林深處的敵人不再發動攻擊。

「喂，少裝死。說出背後的主使者，我可以考慮饒你一命。」

亞爾卡斯重重踹了蒙面人一腳。鞋尖陷入胸口，蒙面人忍不住大聲咳嗽。

「你、你到底……是誰……？」

蒙面人一邊口吐血沫，一邊驚懼的問道。

他不得不恐懼，因為對手的實力太過超乎想像。

為了這次的刺殺，他們可是準備了連伯爵級魔法師都能予以封鎖的強力鈍化紋陣，沒想到對方不僅能調動魔力，而且威力還如此之大！難道他的魔力竟然在伯爵級之上？

蒙面人的疑問沒有獲得解答，因為亞爾卡斯下一秒鐘就斬下了他的首級。

「我討厭用問題來回答問題的傢伙。喂，輪到你囉。要是不想像那傢伙一樣，就老實回答我。」

亞爾卡斯走向下一個蒙面人。他先前出手時已經計算好了，這些人都只傷不死，但也不會再有反抗的餘力。

「啊，對了對了。我只會留一個活口，所以先說先贏哦。你們堅持不說的話也沒關係，反正我也不是那麼想知道。畢竟是別人的事嘛，只要對梅羅那傢伙有個交代就行了，接下來就是他的問題。」

亞爾卡斯語帶惡意的說道。這是實話，也是心理戰術，可惜這些蒙面人似乎不相信，眼神依舊凶狠。

「我知道了！」

就在亞爾卡斯砍下第三個人的腦袋後，其中一個蒙面人突然高聲喊了出來。

「哦，怎麼，肯說了嗎？」

「我懂了、我懂了！亞爾卡斯這次帶來的部下，根本沒有伯爵級以上的魔法師。你、你就是亞爾卡斯——！」

亞爾卡斯聞言不禁皺眉。不是因為被人看破身分，而是因為對方話中所透露的訊息。照理說，這些傢伙應該會以為他是「梅羅子爵的部下」才對，但蒙面人的說法，他們針對的卻是「亞爾卡斯的部下」。

「沒錯，我是亞爾卡斯。你們這些傢伙似乎對我的部下抱有什麼不軌企圖，看來不能輕易放過了。」

亞爾卡斯將兜帽褪下，露出了年輕的俊秀臉龐。

「果然是你！亞爾卡斯！你就是亞爾卡斯！」

見到自己的猜測獲得證實，蒙面人變得更加激動。

「哈哈、哈哈哈哈！沒想到！沒想到啊！竟然會釣出你這麼一條大魚！太好了！太好了！哈哈哈哈哈哈！」

蒙面人一臉猙獰的放聲大笑。在此同時，樹林深處再度射來無數光彈！

蒙面人的同夥原本已經有退縮之意，但在知道亞爾卡斯的身分後，反而堅定了殺意。對方的反應讓亞爾卡斯確信他們完全是衝著自己來的，他沒有對任何人提過梅羅子爵的請託，這麼說來，是梅羅子爵那邊的問題？

「知道我是誰還敢繼續殺過來，勇氣可嘉。不過，你們是不是太小看我啦？」

亞爾卡斯一邊思索，一邊揮劍擊落光彈。雙方的實力相差實在太大，蒙面人的攻勢根本奈何不了亞爾卡斯。

突然，情況出現了變化。

亞爾卡斯發現到，那股原本像蛇一樣緊緊纏繞著自己的遲滯感竟然消失了。這個變化只有一個解釋，那就是對方解除了鈍化紋陣。但是，為什麼？張開鈍化紋陣都贏不了他了，難道解除鈍化紋陣反而會有勝算？對於敵人的舉動，亞爾卡斯感到不解。

然而，很快他就知道為什麼對方要這麼做了。

只見那些倒在地上的蒙面人們，紛紛從胸口取出了一個金屬圓筒。

那是魔彈。

莫浩然對著發出巨響的方向使用了明鏡之型。

明鏡之型是一種放射出無數的魔力絲線，透過絲線的情報反饋，在腦中描繪遠處環境的魔法，因此它的偵測距離等同於魔法師的魔力領域。這些絲線的力量極其微弱，很難被人察覺。

當初莫浩然學習明鏡之型時，原本打算以反射原理來建構魔法，達成類似雷達或聲納的效果，這樣一來探查距離會變得更遠。但後來莫浩然發現這招行不通，因為魔力波跟聲波不一樣，不會被反射，所以他也就乖乖的根據蛛網原理建構魔法。

建構明鏡之型的難題，不在於如何散布魔力絲線，而在於如何編織出「足夠微弱又能夠反饋情報」的魔力絲線。幾乎所有魔法師都卡在這一關，就連亞爾卡斯這樣的高手也辦不到，過去那些成功建構了明鏡之型的魔法師，事後的說明大多是「憑感覺」、「很難形容」、「不知怎麼的就成功」等等，毫無參考價值可言。

若將建構魔法的方式劃分成學識派與天賦派，無疑的，偵測型魔法目前還是以天賦派為主流。但反過來說，也因為這類魔法師太過依賴天賦，反而難以耐心鑽研講究系統化、理論化的學識派魔法，這也就是為什麼能夠使用偵測型魔法的魔法師，會在其他類型的魔法上表現平平的原因。

身為地球人的莫浩然絕不屬於天賦派魔法師，但他卻能夠成功建構明鏡之型，究其原因，同樣在於他是地球人這一點。

莫浩然生活在一個資訊爆炸的時代，就連原子彈的製作原理都能在網路上找到，何況是其他知識？在傑洛，即使是無須為生活勞苦奔波的貴族們，有意願與時間去學習的知識也不外乎那麼幾種。莫浩然的學問或許不會比他們專精，但是涉獵的範圍絕對比他們更多、更廣。由於有太多的地球知識可供借鑑與參考，所以建構魔法對莫浩然來說並不難。

傑諾支援了半徑三十公尺的魔力領域，因此莫浩然的明鏡之型偵測距離也是三十公尺。隨著魔力絲線的擴散，莫浩然腦中開始浮現遠方景物的輪廓，很快的，他就發現有兩名蒙面人正朝他這邊筆直奔來。

「這兩個傢伙是誰啊？」

莫浩然看到的東西，傑諾也能看到，因此莫浩然立刻詢問腦袋上那位寄宿者的意見。

「不知道，但似乎不是什麼好人。」

「你怎麼知道？」

「好人怎麼可能會跑來這裡？而且竟然還蒙面，擺明就是在告訴別人我很可疑一樣。」

「嗯，同感。」

既然知道對方可能不是好人，那就沒有必要加以接觸了。可惜對方用了瞬空之型，速度實在太快，三十公尺的距離轉眼即逝，莫浩然想要避開他們都來不及。

當莫浩然與鬼面少女的身影映入兩名蒙面人的眼簾後，兩名蒙面人頓時一驚。

「有埋伏！」

「他果然不只一個人來！」

兩名蒙面人見到身穿黑色軍服大衣的鬼面少女，便將她誤認為亞爾卡斯的部下，於是立刻動手，兩枚光彈分別射向莫浩然與鬼面少女。

亞爾卡斯隨時會追來，蒙面人不想與對方多作糾纏，所以一開始就全力以赴，他們打算先逼退兩人，然後繼續逃跑。

「──什麼？」

下一秒鐘，兩名蒙面人發出驚叫。

灌注了所有魔力的光彈，鬼面少女只用一劍就將其斬破。

「──確認目標意圖妨礙任務，進行排除。」鬼面少女低聲說道。

蒙面人的襲擊，啟動了鬼面少女的殺戮開關。

鬼面少女以迅雷不及掩耳的速度衝到其中一名蒙面人面前，一劍便將對方斬為兩截。另外一名蒙面人還來不及做出反應，鬼面少女便反手一斬，直接將其斬殺。從開始到結束，整個過程只花了一秒鐘。

「還是一樣這麼乾脆俐落啊……你怎麼了？」

傑諾對於鬼面少女的劍術正發出感嘆，接著察覺莫浩然突然低下頭，用手摀住自己的嘴。

莫浩然沒有說話，只是搖頭。

雖然已經親眼看過好幾次鬼面少女斬殺怪物了，但是人類被殺死的畫面，他還是第一次見到。不同於手槍射擊，也不同於魔法轟炸，這種純粹以冷兵器切割肉體的原始殺人方法，對精神方面有著異常強大的衝擊力。

「不，只是有點……」

莫浩然早已了解這個世界的法則比地球還要殘酷，若想活著回去，就必須拋棄掉天真的想法。但覺悟歸覺悟，乍然見到支離破碎的屍體，一股輕微的嘔吐感還是猛然從胃部湧上喉嚨。

「我感覺得到，你現在的腦袋很混亂哦。」

傑諾像是明白了什麼，但絲毫沒有安慰的意思。

這是屬於莫浩然自己的戰鬥，他必須跨過去，才有資格在傑洛生存下來。

就算有大法師的支援，就算有鬼面騎士跟在身邊，但那都是外力。

莫浩然才是一切行動的主體，他的強弱將決定事情的成敗。

眼前的殺戮，只是未來將會經歷的、更加巨大的殺戮的前奏，要是連這種小場面都無法適應，前途將更加艱難。

「……我沒事。」

過了好一會兒，莫浩然總算平靜下來。臉色雖然有些蒼白，但嘔吐感已經止住了。

空氣中飄著濃烈的血腥味，每吸入一口，肺部就會發出不適的信號，這股信號在沿著神經傳達至腦部的過程中被放大了數十倍，並轉化成厭惡與畏懼的情緒，命令這具身體趕快離開這裡。

但是，莫浩然沒有移動腳步。

他筆直的站立著，逼迫自己正視眼前的一切。

不能撇過頭，也不能移開目光。

這是必然要背負的東西。

名為莫浩然的少年，其實早在中槍的那一刻就已經死了。他是為了尋求活下來的機會、尋求扭轉命運的機會，才會來到傑洛。

要是連他人的死亡都不願正視，又要如何逆轉自己的死亡？

莫浩然已經了解到，他與大法師之間的契約，絕不是那麼容易達成的。

說是受騙也好，說是意外也好，總之在接受召喚的那一刻，就已經沒有回頭路了。

該做的事只有一件，那就是做好眼前可以做的事。

然後，毫不回頭地向前進。

「既然沒事的話，那就搜一下這兩個傢伙的屍體吧，看看他們到底是什麼人。」

莫浩然才剛冷靜下來，傑諾就立刻提出了嚴苛的要求。

但是莫浩然沒有拒絕，只是嗯的一聲走上前去，然後一邊皺眉，一邊摸索屍體。

雙手很快沾滿了血。

但，莫浩然還是沒有停止摸索。

腦子裡一直有道聲音，要他快點住手、快點離開這裡。

然而彷彿有什麼不知名的東西壓過了這道聲音，驅使他繼續做下去。

就在這時——

「這可真是沒想到啊！」

猶如吟唱般的嘹亮聲音，在黃昏的樹林裡響了起來。

莫浩然與鬼面少女同時抬頭，目光投向聲音傳來的方向。在昏暗的樹林深處，傳來了沙沙的腳步聲。

一名金髮男子從樹林的彼端走了出來。

他正是亞爾卡斯。

對於眼前的景象，亞爾卡斯深感吃驚。

就在不久前，蒙面人解除了鈍化紋陣，然後引爆藏在身上的魔彈。亞爾卡斯完全沒想到，這些蒙面人竟然會有魔彈這種一級軍事管制品，而且還是人手一顆！

如果換成其他人的話，恐怕就會在這波自殺攻擊中喪命了。

然而，亞爾卡斯不是普通的魔法師。他可是空騎軍團元帥、公爵級魔法師、雷莫雙壁，在魔彈爆炸的瞬間，他及時發動了壁壘之型。莫浩然先前所聽見的巨響，正是魔彈爆炸之故。

那些藏在樹林深處的蒙面人見到亞爾卡斯竟然毫髮無傷，立刻四散逃逸。亞爾卡斯當然不可能就這樣讓他們逃跑，連忙展開追擊。巧合的是，被亞爾卡斯追趕的那兩名蒙面人，竟然正好跑向莫浩然所在的方向，於是才有了現在這一幕。

亞爾卡斯緩緩走近，然後在距離兩人約十公尺的地方停了下來。

亞爾卡斯先是看了看地上的蒙面人屍體，接著目光停留在少女的沾血長劍之上，最後點了點頭。亞爾卡斯是雷莫最頂尖的劍士之一，一眼就看出這兩人是被一招斬殺的。

「了不起的劍術。不愧是女王陛下的護衛，果然有一套。」

過去覲見莎碧娜時，亞爾卡斯曾經見過鬼面騎士好幾次。憑他的眼力，還不至於辨別不出對方的真假。

「我是空騎元帥英格蘭姆．亞爾卡斯，我想妳應該認得我吧？跟妳這樣面對面講話，倒是第一次。方便的話，可以為我解釋一下這是怎麼一回事嗎？為何妳會出現在這裡？」

理所當然的，鬼面少女沒有反應。她是莎碧娜的護衛，只會聽從莎碧娜的命令行事，一切的行動判斷也是以莎碧娜為主，就算是被傑諾「干涉」了，這個準則依然不會改變。

亞爾卡斯剛才的問法，等於是用他自己的身分在發號施令，鬼面少女當然不會理他。反過來說，若是亞爾卡斯打出莎碧娜的名號，鬼面少女說不定就會有反應了。

「唔，沒有回答我的必要，是嗎？」

亞爾卡斯見狀沒有生氣，他只是摸了摸下巴，然後把目光移到莫浩然身上。

「那麼，我只好問妳了，桃樂絲小姐。」

「……啥？」

「別跟我說認錯人了喲。普通人不可能出現在這裡，而且妳的外表跟通緝令形容得一模一樣。」

「通緝令？」

莫浩然完全聽不懂對方究竟在說些什麼，這時傑諾開口了。

「桃樂絲好像就是當初我們用來騙莎碧娜的名字。應該是莎碧娜已經發現我們逃跑了，所以發布通緝令了吧。」

莫浩然恍然大悟。原本只是隨便胡扯的名字，沒想到莎碧娜卻當真了。不，也不一定是當真，或許莎碧娜早就看穿那是假名，反正她只需要一個用來標示莫浩然這個人的代號，不管叫桃樂絲或梅樂絲都無所謂。

莫浩然總算明白了事情的原由，但讓他在意的是，為什麼亞爾卡斯要叫他「小姐」？

「這還用問？當然是因為你沒有小弟弟嘛。」傑諾秒答。

「閉嘴！」莫浩然用力低吼。

見到莫浩然的反應，亞爾卡斯以為對方承認身分了。

「為什麼女王陛下的護衛會跟著妳？女王陛下又為什麼要通緝妳？還有，地上這些傢伙跟妳有什麼關係？我非常好奇，不知道妳願不願意跟我找個地方喝杯茶，稍微聊一下？」

「不要。」莫浩然想也不想就拒絕了。

「抱歉，我想由不得妳。」

亞爾卡斯眼神一凝，巨大的魔力波動從他身上擴散開來，強烈的靈威頓時籠罩四周。在靈威的影響下，莫浩然瞬間感到一陣惡寒。

「我不太喜歡強迫女性，如果桃樂絲小姐妳願意配合的話，我們可以避免一場不愉快的爭執。」

亞爾卡斯一邊說話，一邊逐漸加重靈威的力量。

魔法師會下意識的釋放靈威，但靈威的強弱可以有意識的控制，這種魔法叫做「寂靜之型」，熟練的話，還可以徹底隱藏靈威。對於一些必須從事隱密活動的魔法師來說，是必會不可的魔法。

亞爾卡斯逐步加重靈威，主要是想試探桃樂絲的反應。

靈威壓制是魔法師經常拿來對付一般人的招式，同時也是高位魔法師對低位魔法師慣用的手段。透過靈威影響目標的生理與精神，能使敵人喪失鬥志、不戰而降，是一種省時省力的好方法。當然，魔法師本身對於靈威也是有抵抗力的，想用靈威徹底壓制同為魔法師的對手，一般說來，自身級數至少要比對方高個兩級以上才行。

亞爾卡斯已經將靈威提升到候爵級魔法師的巔峰了，但眼前的白髮少女只是臉色稍微變了一下而已。

「這樣的靈威還影響不了妳嗎？果然不簡單。」

亞爾卡斯點了點頭，決定提高試探的力度。

「注意！他要動手了！準備瞬空之型，聽我提示！向右一步！」

同一時間，傑諾在莫浩然的腦裡大喊。

下一秒鐘，金色的閃光劃破空間！

這是亞爾卡斯的穿弓之型，由於他的發動速度與射擊速度實在太快，所以看起來就像是射出一道光束一樣。

但是，沒有擊中。

莫浩然早已離開先前的位置，移動到約兩公尺遠之處。

亞爾卡斯眼睛微微一瞇，開始連續射擊。瞬間，數道光束從不同方位射向莫浩然，猶如一張大網將他籠罩起來！

同時發射多枚魔力彈的魔法即為暴雨之型，但亞爾卡斯此時所用的依然是穿弓之型，只不過發動速度過快，讓人以為是同時發射而已。每道光束之間其實存在著極微小的時間差，使敵人產生誤判，增加閃避的難度，這種手法比單純的暴雨之型更加困難。

然而，光束全數落空。

莫浩然就像是事先預知到光束的攻擊時機與位置一樣，閃過了所有攻擊！

亞爾卡斯臉色一沉，同時再次發動連射。這次的攻擊更加浩大，光束的數目比剛才足足多了一倍，聲勢極為驚人。

讓亞爾卡斯驚訝的是，對方竟然再一次全數閃過了！

（……不對！她是捕捉到我的魔力流動，進而預判攻擊軌道！）

亞爾卡斯很快就看穿了莫浩然的閃避方式，但這反而讓他更加驚訝。這種捕捉魔力流動的閃避法是相當高等的技術，何況他的穿弓之型不是只射一發，而是連續不間斷的數十發。要在一瞬間完全掌握住如此大量且紊亂的魔力流向，連他自己都做不到。

亞爾卡斯在震驚之餘，內心深處也湧現出一股興奮感。

三年前那場大戰結束後，自己有多久沒有遇到值得全力以赴的對手了？沒想到在這裡竟能碰上如此強敵！莫浩然的精湛閃避技術，不僅震撼了亞爾卡斯，也同時點燃了他的戰鬥欲。

亞爾卡斯握緊長劍，準備發起近身戰。

「哇啊——！」

就在這時，一道突如其來的聲音介入了這場戰鬥。

亞爾卡斯與莫浩然驚訝的轉頭，赫然發現一團黑影從樹上掉了下來。那棵樹的樹冠由於被亞爾卡斯發射的光束所擊中，燒出了一個大洞。

「好痛痛痛痛！痛死了！」

黑影一邊哀號，一邊在地上不斷翻滾。莫浩然一下子就認出來，這團黑影正是不久前離開的貓耳娘。

原來這位獸人女孩與莫浩然分別後沒多久，便聽見魔彈引爆的轟然巨響。好奇心旺盛的她，立刻趕回去想看個究竟，正巧見到莫浩然與亞爾卡斯的交手，於是便躲在樹上偷看，沒想到竟然被其中一道光束所擊中。

空騎元帥的穿弓之型威力當然不同凡響，獸人女孩就這樣直接被光束打下來，只能說運氣實在太差。

在地上滾了好一會兒，獸人女孩終於從地上爬起來，一臉憤怒的瞪著亞爾卡斯。

「你這傢伙竟敢打我！」

明明是自己先在樹上偷窺，就算被波及也怪不了別人，但獸人女孩顯然不管那麼多，直接將這一切都歸咎到亞爾卡斯頭上。獸人女孩身影一閃，下一瞬間就衝到亞爾卡斯面前，然後一拳轟了過去。

「唔——！」

亞爾卡斯一方面沒料到獸人女孩竟會突然動手，另一方面也沒料到對方的速度竟然如此之快，倉促之下只來得及用劍身擋下這一拳。獸人女孩拳頭雖小，但威力驚人，拳劍交擊，亞爾卡斯立刻倒飛出去。

（獸人？而且這種力量……？）

亞爾卡斯被獸人女孩的實力嚇了一跳。他的驚訝還來不及平息，獸人女孩便再次逼上前來繼續追擊。

獸人與人類一樣懂得駕馭魔力，但兩者的使用方向大不相同。人類以魔力干涉外界，獸人則以魔力干涉自身。藉由魔力淬鍊，獸人肉體的基礎能力比人類強上好幾十倍，因此雙方一旦爆發戰鬥，採用的戰法也就大不相同。當人類面對獸人時，習慣用魔力發動遠程打擊；而獸人面對人類，則是會想盡辦法讓局面演變成近身戰。

由於一時大意，亞爾卡斯被獸人女孩拖入了近戰的泥沼。獸人女孩也沒有放過這個機會，纏著對方狂轟猛打。亞爾卡斯沒有時間聚集足夠的魔力，只能勉力用瞬空之型不讓雙方的速度出現太大落差，以免戰局更加惡化。一時間，大名鼎鼎的雷莫雙壁之一竟被徹底壓制住了！

獸人女孩的拳頭快到讓人只能看見殘影，而且每當她的拳頭與亞爾卡斯的長劍撞擊時，都會爆發出一圈衝擊波。

獸人女孩的攻勢異常凶猛，彷彿對方隨時都會被撕裂一般。

要是換成其他對手，獸人女孩或許早就已經贏了。

但此時她面對的是英格蘭姆．亞爾卡斯。

亞爾卡斯乃是雷莫屈指可數的劍術高手，遠戰近戰無所不能的全方位劍士。在一般魔法師眼裡必敗無疑的局面，在他眼裡卻不一定。

忍受著獸人女孩狂風暴雨般的攻擊，亞爾卡斯終於找到了反擊的機會！

亞爾卡斯先是巧妙的卸開獸人女孩的右拳，同時左腳一絆，使對方失去一瞬間的平衡，然後趁隙旋轉身體，一口氣鑽到她的背後。在一連串的動作僅發生在以零為開端的時間裡，同時，亞爾卡斯也凝聚了足夠的魔力。

銀焰一閃！

以剛擊之型與煌威之型封鎖退路，再加上原來就發動的瞬空之型，亞爾卡斯在一瞬間同時使用了三個魔法，獸人女孩正面承受了這一劍，然後被遠遠打飛出去。

「什麼……！」

亞爾卡斯沒有因此欣喜，反而當場傻眼。他這一劍連岩石都能將其斬斷，但對方竟然只是被打飛而已？這個獸人女孩的肉體究竟是有多結實啊！

獸人女孩一口氣飛出了數公尺遠，直接撞斷兩根樹幹才停下來。如此猛烈的撞擊力道足以讓人粉身碎骨，但獸人女孩很快就搖搖晃晃的站了起來。

「星、星星……好多星星……」

獸人女孩發出呻吟，一副頭昏眼花的表情。亞爾卡斯見狀更是驚訝，雖說獸人肉體一向強悍，但這也未免強悍過頭了。正面挨他一劍還沒事的敵人，這還是首次見到。

（這個獸人女孩不簡單！絕對不能輕易放她走！）

亞爾卡斯腦中冒出生擒獸人女孩的想法，但他才剛往前一跨，就立刻停下腳步了。

亞爾卡斯與獸人女孩的交手只花了短短數秒，然而莫浩然——或許該說是傑諾——已經趁機凝聚了大量魔力。在莫浩然的操控下，一堆雖然瞄不準但威力大到嚇人的光彈朝亞爾卡斯射去！

「暴雨之型？」

以亞爾卡斯的眼力，自然可以看出這堆光彈沒有一顆能夠砸中自己，但基於莫浩然先前的驚人閃避技術，他認為對方並非瞄不準，而是故意為之，這招暴雨之型肯定是在為後面的攻擊作鋪墊。

雖然不知道莫浩然接下來會發動何種魔法，但亞爾卡斯可不是那種會好心等待對方做好準備的人。

在這瞬間，亞爾卡斯已經調動了四周的魔力，一團巨大的光芒在他胸前凝聚成形。

「穿弓之型」的強化版本——「穹弩之型」！

一道粗大的光束突破光彈群，筆直地轟向莫浩然。

就在光束臨身的前一秒，莫浩然突然縱身一躍，將這道光束讓給了站在他身後的鬼面少女。

光束來得太快，而且太過突然，鬼面少女閃避不及，只能舉劍抵擋。粗大的光束被從中切開，強大的力量使鬼面少女的身體往後滑行，雙腳在地上拖出兩道焦黑的痕跡。

正面擋下光束之後，鬼面的雙眼部位閃過一道冷光。

「——確認目標意圖妨礙任務，進行排除。」鬼面少女低聲說道。

下一瞬間，黑色的疾風衝向亞爾卡斯！

劍刃交擊。魔力與魔力激烈碰擊，捲起足以撕裂皮膚的衝擊波。

「妳幹什麼？」

亞爾卡斯瞪著以劍壓住自己的鬼面少女，一臉難以置信的表情。

鬼面少女沒有回答，再次揮劍一斬。亞爾卡斯沒有立即招架，而是向後飛退，他原想先拉開距離問清楚對方到底是何用意，沒想到鬼面少女卻緊追不放，直接衝上來又是一劍！

「妳！難道想叛變嗎——？」

亞爾卡斯大吼。鬼面少女無動於衷，只是沉默地貫徹自己的攻勢，她的斬擊速度一劍比一劍快，力道也一劍比一劍重。亞爾卡斯終於確定了，對方是玩真的！

「你說，我們會不會太卑鄙了？」

親手導演出這一幕的傑諾對著莫浩然問道。

「卑鄙的是你，不是我。」

莫浩然誠懇的回答他。

亞爾卡斯與鬼面少女的戰鬥極其華麗。

不，用華麗來形容似乎並不正確。因為在瞬空之型的作用下，兩人的動作快到逼近人類動態視力的極限，在一般人眼裡，恐怕只能見到一團殘影吧。

華麗的不是兩人的動作，而是閃爍的劍光。

兩柄長劍在空中劃出流水般的銀芒，在夕陽的照映下熠熠生輝。劍光描繪出立體的劍網，將闖入其中的一切全部切裂。無論是草還是風，都在這兩人的劍光下變成碎片。

亞爾卡斯非常驚訝。

他知道鬼面少女既然能夠成為莎碧娜的護衛，實力必然不俗，但沒想到竟然會強到這種地步。鬼面少女不僅跟得上自己的動作，每一劍的力道也與自己相差無幾，最重要的是，她的劍術十分精湛。

（沒想到女王陛下的身邊竟然藏有此等高手……）

如此強者不可能沒沒無名！亞爾卡斯不禁猜測起對方的真實身分。雷莫境內的知名劍士他都多少認識，鬼面少女很可能就是其中之一，那張面具搞不好就是為了怕遇見熟人吧。鬼面少女出現在莎碧娜身邊是一年前的事，這一年內有哪個劍術家銷聲匿跡了呢？亞爾卡斯苦苦思索。

在戰鬥中還有餘力想其他事，可見亞爾卡斯的實力比鬼面少女還要高出一籌。

「喝啊！偷襲的一腳——！」

伴隨著怒吼，一道黑影宛如流星般從天而降！

「唔？」

亞爾卡斯與鬼面少女同時後退，黑影轟的一聲擊中地面，掀起一陣爆炸般的塵煙。

獸人女孩又回來了。

「我生氣啦！不揍扁你我就不吃晚飯！」

獸人女孩衝向亞爾卡斯使出一記飛踢。亞爾卡斯側身閃過這足以打斷樹木的一腳，接著橫劍擋下鬼面少女的直劈。下一秒鐘風聲響起，亞爾卡斯急忙低頭，閃過狙擊他後腦勺的一拳，然後架住來自側面的斬擊。

戰況變成了二對一。

即使如此，亞爾卡斯還是沒有陷入劣勢。

鬼面少女與獸人女孩的攜手進攻，完全被亞爾卡斯的劍給擋了下來。吟遊元帥的劍舞華麗優雅，而且凌厲無比，就算迎戰兩人也同樣游刃有餘。

雷莫最強的劍，絕不可能如此輕易落敗。

表面上，亞爾卡斯仍無落敗的跡象，但他也開始煩惱了。

眼前這兩人已經夠棘手了，自己還得分心注意一旁的莫浩然。先前擋住蒙面人的魔彈攻勢已經耗費了他不少魔力，再這樣打下去，情況恐怕會越來越不妙。

「……嘖，沒辦法。」

亞爾卡斯突然抽身疾退，鬼面少女與獸人女孩的攻擊頓時落空。

「想不到竟然得用上這個。」

亞爾卡斯並沒有就此逃跑，而是將左手伸進衣服領口，取出了項鍊。

那是封魔水晶。

「——醒來吧，吟頌者。」

瞬間，閃光迸裂！

與閃光一同炸開的，還有無比巨大的靈威。

莫浩然、鬼面少女與獸人女孩不約而同的向後退了好幾步，他們臉色蒼白的看著那團光芒。

隨著光芒的消退，亞爾卡斯的身影逐漸顯現出來

亞爾卡斯穿上了一套天藍色甲冑，武器也變成了一柄如同水晶般透明的長劍。亞爾卡斯的甲冑並非那種覆蓋全身的重鎧甲，而是只防護重點部位的超輕型鎧甲，那琉璃般的美麗光澤與優雅的外型，使它看起來不像鎧甲，而是一件藝術品。

然而這套看起來毫無防禦力可言的甲冑，卻給所有人帶來了巨大的壓力。

魔操兵裝。

魔法師的最強王牌，究極的戰鬥手段。

魔操兵裝之所以會被稱為是王牌，不僅在於它的威力，更在於它的消耗。

魔操兵裝的核心在於不穩定性變異元質粒子，這種粒子能夠引發元質粒子連鎖變異反應，能量的放射強度比元質粒子大上數百，甚至是數千倍。也因為不穩定性變質元質粒子所產生的魔力太過強大，想要操控它，精神必須比平時更加專注、更加集中。

使用魔操兵裝是一件非常耗費心力的事，要是一不小心用過頭，魔法師就會陷入靈魂安眠，屆時魔操兵裝會立刻反噬使用者。簡單的說，魔操兵裝是一把雙面刃。

亞爾卡斯的魔操兵裝名為「吟頌者」，這是由莎碧娜所賜下的，同時也是雷莫最高級的魔操兵裝之一。它的威力無庸置疑，消耗也同樣巨大。

亞爾卡斯動用魔操兵裝，便意味著他打算速戰速決，在最短時間內打倒所有人了。

但，就在亞爾卡斯穿上魔操兵裝的下一剎那，發生了一件讓他不敢相信的事情。

「——鎧化回路，解放。」

就在亞爾卡斯與獸人女孩驚愕的注視下，鬼面少女發動了魔操兵裝。

光芒炸裂，暴風呼嘯。

在狂亂的旋風之中，一個黑色的影子聳立著。

那道黑色影子散發出異常強大的靈威，並且以驚人的速度不斷膨脹。見到這一幕，亞爾卡斯不禁倒吸了一口氣。

「魔操兵裝……？」

亞爾卡斯輕聲低喊，彷彿在確認自己所見到的景象是不是幻覺。

魔操兵裝跟魔彈不一樣，受限於不穩定性變異元質粒子的稀有性，每一個魔操兵裝都受到最嚴密的保管，根本不可能外流。鬼面少女能拿出魔操兵裝，理由只有一個，那就是莎碧娜賜給她的。

光芒褪去，那道黑色影子也顯露出其真面目。

黑色的重鎧。

黑色的斧劍。

漆黑的身影，宛如呼喚不祥的凶獸。

「新型……？」

亞爾卡斯認得雷莫所有的魔操兵裝，但眼前的漆黑騎士卻與他記憶中的那些魔操兵裝全然不符。

就在這時，漆黑騎士行動了。

看似沉重的身形爆發出令人驚訝的疾速，化為一道具有質量的黑色暴風撲向亞爾卡斯。轉眼間，沉重的斧劍便逼近眼前！

「咕──！」

亞爾卡斯揮舞水晶劍，迎向來襲的黑色斧劍。

劍與劍互相衝突。

巨大的斧劍與細長的水晶劍，兩把極重與極輕的武器彼此互擊。巨大的衝擊波同時爆開，掃飛了周遭的一切，就連莫浩然與獸人女孩也被吹倒。

「女王陛下，您還真是會給屬下找麻煩！」

亞爾卡斯忍不住對不在場的君主發出抱怨。

就算鬼面少女也有魔操兵裝，亞爾卡斯仍沒有退縮。不，應該說他更不能退縮了。持有魔操兵裝的魔法師可是足以匹敵一整支軍團的存在，讓這種有叛變嫌疑的危險人物在外面亂跑，對雷莫的和平可是一大威脅。

「吟頌者，陪淑女跳舞的時間到了。」

亞爾卡斯話才剛說完，身影就已經出現在漆黑騎士面前。

連殘影都來不及留下，其速度有如閃光。

在漆黑騎士反應之前，亞爾卡斯就已經斬中她的胸口，然後他迅速後退，驚險避開了當頭劈來的一劍。單論速度，亞爾卡斯的吟頌者還在漆黑騎士之上。

「嘖，還真硬！」

見到漆黑騎士中劍之後竟然毫髮無傷，亞爾卡斯不禁皺眉。對方的防禦力比想像中還要來得高，看來很可能演變成一場持久戰，但這不是他想要的。

此時漆黑騎士再次朝亞爾卡斯衝了過去，完全不給對方思考的時間。

兩人展開了一場凌厲的比劍。

雙劍每一次交擊，都因為魔力的碰撞而迸發閃光。以兩人為中心，捲起了不容他人接近的風暴，那樣的對決足以讓旁觀者為之窒息。

「靠！簡直跟颱風沒兩樣！」

莫浩然躲在樹後，以免被衝擊波掃到而受傷。獸人女孩也一樣躲在樹後，不同的是，她竟露出一副很想衝進去、但又不知道該怎麼衝進去的表情。

「喂！接下來怎麼辦？就這樣在外圍喊加油嗎？」

莫浩然對傑諾喊道。

「打到這種地步，已經不是你能插手的了。兩邊都把魔操兵裝拿出來，弄不好連這片森林都會消失掉，你還是先保護好自己再說。」

「你白痴啊！我們現在不就在森林裡面嗎？我可不想跟森林一起消失！」

「我也不想啊，所以準備隨時發動壁壘之型吧。」

「已經在用啦！」

亞爾卡斯與鬼面少女交手所引發的衝擊波具有不容小覷的殺傷力，就算用樹木當掩護，也無法完全擋住這陣有如利刃般的魔力亂流，如果不是發動了壁壘之型，莫浩然早就渾身是血了。

「是說他們會打多久？不要他們那邊還沒搞定，我這邊就先撐不住了！」

像這樣持續發動壁壘之型，對莫浩然而言是一件挺吃力的事情。要是自己先一步透支力量，被迫進入靈魂安眠的話，下場就是被這股魔力亂流撕成碎片。

「不會太久。魔操兵裝用起來很耗精神，最長不會超過一小時。」

「我靠！竟然還要一小時！你乾脆把我扔出去切成生魚片算了！」

「放心，一小時只是理論上的極限時間，實際上不可能這麼久。亞爾卡斯那傢伙用了魔操兵裝，就代表想迅速解決這場戰鬥，不會跟對方慢慢耗。現在只是在試探，我猜他等一下就會放絕招了。」

「絕招？」

「看，來了！注意維持壁壘之型的強度！」

傑諾突然大喊，莫浩然立刻提高戒備。

這時漆黑騎士揮出了一記橫斬，亞爾卡斯原本可以閃過去，但他卻硬是接住了這一劍，然後借助這道力量向後飛了出去。

半空中的亞爾卡斯突然倒轉長劍，變成了劍柄朝上、劍尖朝下的怪異架式。

「詠唱吧，吟頌者！」

水晶劍爆發出灼目的閃光，並且響起尖鳴。

在此同時，亞爾卡斯的甲冑背部張開了三對刀翼。

下一瞬間，流星閃現。

流星的數量不只一個，而是數以百計！

「六翼輓歌」——那是亞爾卡斯為這個魔法所取的名字。

將魔操兵裝的力量一口氣提升到最大，然後以光雨的形式釋放出來。由於亞爾卡斯必須集中全部精神，才能同時將數以百計的光彈集中於某個特定區域，所以他無法分出意識瞄準目標，因此用倒置的長劍作為基準點，然後將所有光彈投向那個位置。說穿了，這個魔法不過是暴雨之型的加強版，但威力卻不是暴雨之型能比擬的。

光雨覆蓋的對象不只是漆黑騎士，連莫浩然與獸人女孩也一起包括進去了！

六翼輓歌的打擊毫無死角，莫浩然等三人根本無路可逃，只能正面承受這波光之暴雨。大地被傾瀉而下的光雨所轟炸，在至高的魔力面前，森羅萬象盡皆毀滅。

這就是亞爾卡斯的魔操兵裝「吟頌者」，專門為敵人詠唱死亡之歌的凶惡樂手。

光雨很快就停止了。

這陣轟炸的時間並不長，僅有十秒鐘不到，然而大地卻在這段短短的時間徹底變成焦土。

飛揚的塵埃逐漸平息。

在那之中，可以見到漆黑騎士單膝跪地的身影。

黑色的鎧甲染上了一層厚厚的灰，但是看不出有破損的跡象。正面承受了亞爾卡斯的絕技還沒事，這具魔操兵裝的防禦力簡直強得不像話。

但鎧甲沒事，不代表穿的人也沒事。

為了擋住六翼輓歌，漆黑騎士耗盡了魔力。

漆黑騎士並非人類，而是強化人造兵。以地球的概念來看，相當於機器人般的存在。人類透過攝取食物獲得活動的力量，而強化人造兵則是依靠埋藏於體內的小型魔力爐。

除非魔力爐壞掉，否則強化人造兵的行動時間理論上是無限的。

然而，魔力無限，容器卻有限。

簡單說來，魔力爐就像是不斷下雨的天空，而強化人造兵就是承接雨水的水塔。水塔裡面的水一旦用光，就必須等到雨水重新蓄滿水塔才行，漆黑騎士此時就是陷入這樣的尷尬狀態。

由於魔力爐產生魔力的速度趕不上消耗的速度，因此漆黑騎士無法動彈。要是亞爾卡斯趁這個時候補上一擊，絕對能打倒漆黑騎士。

亞爾卡斯當然想這麼做。

但，他遲疑了。

因為某人的關係，亞爾卡斯沒有動手。

在半跪著的漆黑騎士後方，有一道挺立的身影。

白色的長髮隨風飄揚。

弓著身體，雙手交叉護住臉部。這是防禦的姿勢。

而且——毫髮無傷。

「……不可能！」

亞爾卡斯不禁愕然。

眼前的敵人安然無事，甚至連擦傷也沒有。這在亞爾卡斯的記憶中，是從來沒有過的事。亞爾卡斯確信，就算是莎碧娜本人親自前來，也不可能在不付出任何代價的情況下正面承受這一擊。

仔細一看，那個獸人女孩正躺在莫浩然腳邊，看起來也沒有受傷。顯然對方不僅擋下了自己的六翼輓歌，甚至還有餘力保護其他人。

亞爾卡斯動搖了。

這個名叫桃樂絲的白髮少女，實力超乎想像！

「……沒辦法，今天就到此為止吧。」

亞爾卡斯遺憾的嘆了一口氣。

亞爾卡斯很想繼續打下去，但他的體力與精神力不允許。啟動魔操兵裝本來就是一件很吃力的事，何況他還放出了六翼輓歌這樣的大招，再打下去，他很可能會被迫進行靈魂安眠。

「能夠擋下我的『歌』，妳確實很厲害，桃樂絲。這次的勝負就先保留吧，我很期待下次的再會。」

亞爾卡斯說完便向後一跳，沒等莫浩然回應就撤退了。他的身影化為藍色的疾風，轉眼間便消失無蹤。

旅行日 03

隱藏於黑暗之中

「能夠擋下我的『歌』，妳確實很厲害，桃樂絲。這次的勝負就先保留吧，我很期待下次的再會。」

舉著雙手擺出防禦姿勢的莫浩然一聽到這句話，立刻抬起頭來，緊接著眼中映入了令他大吃一驚的景象。

消失的森林。

焦黑的大地。

半跪著的騎士背影。

還有——已經消失的敵人。

「……怎麼回事？」

莫浩然左右張望，他搞不懂現在到底是什麼狀況。

「傑諾？」

往常不用提醒就會自己跑出來拚命說明的大法師，此時卻一反常態的沉默。

「傑諾？傑諾？」

「……啊，不好意思，一時恍神了。」

「寄住在別人的腦袋還能恍神，你也真有一套。」

這傢伙剛才該不會被嚇傻了吧？莫浩然心想。

「唔姆，你心裡該不會正在想什麼很失禮的事吧？」

「你是超能力者嗎！」

「……原本只是隨便說說，結果還真的有啊？照你這個反應，應該是在心裡羞辱我吧，例如以為我被嚇傻之類的。」

莫浩然有些啞口無言，這已經是讀心術等級的洞察力了吧。

「現在不是聽你賣弄的時候。現在是什麼情況？」

「嗯？這不是很明白嗎？」

「哦？」

「漆黑騎士輸了，亞爾卡斯走了，獸人女孩昏了，你還活得好好的。」

「誰要你說明現況了？我是說原因、原因啦！」

「原因？哪一件事情的原因？我剛剛陳述了四件事實，每一件背後都有相對應的原因。你指的是哪一件？啊，如果是全部都要的話，我會鄙視你哦。缺乏推理能力不是罪，但凡事總想依靠別人，這個罪過就大了。可能的話，請限定其中一件就好。」

雖然莫浩然不打算把傑諾的胡言亂語放在心上，但也不想真的被鄙視。

「我的壁壘之型明明就被打破了，為什麼我會沒事？」

莫浩然直接挑了最後一件。

先前亞爾卡斯釋放光雨的那一幕，他記得很清楚。

當時獸人女孩用來掩護的大樹一下子就被打碎，獸人女孩也被打飛出去，正好掉到莫浩然旁邊，於是莫浩然順便擴大了壁壘之型的範圍，將獸人女孩也一起包覆起來。

但下一秒鐘，他發現自己根本沒有餘力多管閒事。

辛苦發動的壁壘之型，竟然只撐了四發光彈就被打破了。莫浩然完全沒有反抗的機會，只能眼睜睜看著鋪天蓋地的光雨轟然落下，將自己徹底吞沒。

「……但是我現在卻還活著。」

莫浩然邊說邊低頭審視自己的身體——

手腳還在。

身體也還在。

所以才不合理。

光雨的威力有多驚人，看看四周的情況就知道了。樹林消失，岩石蒸發，地面滿是坑洞，莫浩然可不認為自己的身體會比石頭還硬。

「不錯，一下子就問到了最大的重點。」

傑諾說道。明明是在稱讚，但莫浩然怎麼聽都覺得他是在挖苦自己。

「老實說，這也是我剛才恍神的原因。你這具身體很有趣。」

「……這個變態發言是怎樣？」

如果傑諾不是待在自己腦袋裡面，而是站在自己面前的話，莫浩然鐵定會把這個疑似老玻璃的傢伙一腳踹翻。

就在這時，一陣重物墜地的聲音引起了莫浩然的注意。

漆黑騎士倒了下來。

漆黑騎士由原來的半跪，變成了徹底躺平的姿勢。接著漆黑騎士的身體開始發光，厚重的黑色鎧甲像是被熔解似的，一點一點的消失掉，最後露出了藏身於鎧甲之後的鬼面少女。

「她怎麼了？」

「只是解除魔操兵裝而已。不穩定性變異元質粒子是相當麻煩的東西，不管是啟動或解除都很費力。她的情況應該是魔力不夠而昏倒……嗯，想成是靈魂安眠那樣的狀態就行了。」

「原來如此。」

「如何？要逃嗎？」

傑諾突然問了一句讓莫浩然摸不著頭腦的話。

「啊？」

「你不是一直很想甩開她嗎？要逃的話就趁現在。」

「等她醒來，你就逃不掉了哦。」

傑諾最後不忘補上這句話。

鬼面少女原本就是奉莎碧娜的命令來監視莫浩然的，因為機緣巧合，才會跟在莫浩然後面到處跑。嚴格說來，她就像是一顆不定時炸彈，等到哪天她突然恢復正常了，恐怕第一件事就是砍了莫浩然。身邊跟著這樣一個危險因子，實在太過危險。

「你白痴啊？這種情況下，我怎麼能跑？」

不過莫浩然想也不想就拒絕了。接著他做了兩個魔力平臺，分別將鬼面少女與獸人女孩托起來。

「唔，你該不會想照顧她們嗎？」

「廢話。把兩個昏倒的人扔在野外，萬一剛好有怪物來了怎麼辦？」

「……真不知該說你天真呢，還是該說你愚蠢。一個本來是敵人，一個是才見過一面的獸人，竟然還特地浪費力氣照顧她們，希望以後你不要後悔才好。」

「吵死了，這是原則問題。」

如果要莫浩然具體說出他奉行的究竟是怎樣的原則，估計他也說不出來。他的行為沒有經過利益計算，只是純粹照著心意在行動而已。

「……是嗎，這樣的原則還不錯。」

莫浩然原以為傑諾會繼續諷刺個一、兩句，沒想到他話鋒一轉，改口稱讚起他了。

「咦？」

「哎，見的人一多，就會覺得這個世界實在污穢不堪。小孩子的時候還好，一旦變成大人了，身心都會跟著變得勢利起來。整天都在算計這個算計那個的，有的時候還是當個什麼都別想的笨蛋比較好。」

「你究竟是在誇我，還是貶我？」

莫浩然感覺怎麼聽都像是後者。

「不，只是純粹有感而發而已，並不是特別針對某人。如果你覺得我是在暗指特定對象的話，不是心虛就是被害意識太重。」

結果最後還是回到了諷刺的原點。

莫浩然越來越覺得，傑諾這傢伙在還沒被關起來之前，絕對是個喜歡沒事就到處樹敵、連個朋友也沒有的傢伙。

「那麼，回到原題吧。關於你為什麼會沒事這點，原因在於你的身體。」

「身體？」

「沒錯，原因就在你那具沒有小弟弟的身體上。」

「不、准、再、提、這、件、事、了！」

莫浩然勃然大怒。

「哦，那我就不說了。」

於是傑諾閉口不語。

「算你識相……然後呢？我的身體怎麼了？」

「咦？你不是叫我不要提的嗎？」

「我是叫你不要再提小弟弟！不是叫你什麼都不說！」

「……浩然啊。」

「幹嘛？我不記得我們已經熟到允許你直接喊我名字了。」

「人要勇於正視自己的缺點。」

「臥靠！你以為這個缺點是誰害的啊！」

「是我，而且我是個有擔當的人。因此我勇於正視自己的錯誤，不會特別避諱這個話題。希望你也能像我一樣，不被過去所束縛，繼續挑戰不可知的未來。少年啊，你要成為勇者！」

「我勇你媽啊——！」

莫浩然的怒吼響徹天際。

「對你我而言，這是一件令人高興的誤算。」

當夕陽沉入地平線，天空被鑲滿星鑽的黑色天鵝絨完全覆蓋時，傑諾的聲音在莫浩然腦袋裡面響起。

「當初為了安全著想，所以沒有把你的身體召喚過來，而是用次元漂流物質幫你塑造了一個新的身體。在那些次元漂流物質裡面，似乎混雜了某種對魔力有特殊反應的東西。」

「什麼特殊反應？」

「不知道。可能是排斥，也可能是絕緣吧，要把你的身體從頭到尾檢查一遍才能知道。現在的我只是精神波，只能憑著目前能收集的情報做推測。當然，這個推測也可能是錯的，不過我認為對的可能性比較大。」

在決定性的證據沒有出現前，不會徹底把話說死，這是一種實事求是的良好態度。不過，這世上也是有那種缺乏證據卻敢大放狂言，等到自己的言論被新證據推翻後，卻還能裝作什麼事都沒發生過的厚顏之輩。

vol. 01

紅心冒險

Hearts Dreamland

Novel & Illust 重花

好奇心爆棚的少女遇上了在圖書館出沒的紅心王子

一場在現世與異界穿梭的奇幻旅程就此展開——

您，準備好與重花老師一起遨遊鏡之國了嗎？

比起凡事都用斬釘截鐵的口氣說「就是這樣！」的傢伙，像傑諾這樣的說話方式更值得信賴。當然，以莫浩然的立場，根本沒資格說什麼信不信賴的問題就是了。

「排斥？絕緣？」

莫浩然聞言先是一愣，然後對這兩個字眼起了反應。

「等一下！你的意思是，我的身體不怕魔力？」

身為一個對漫畫、小說與電玩有著強烈熱情的青少年，莫浩然幾乎是瞬間便想到這兩個字眼所代表的意思──魔法免疫！

「應該是吧。」

「靠！那不是無敵了！」

莫浩然倒吸一口氣。這簡直就是標準的外掛啊！而且還是超字級的那種！這樣的好事竟然會發生在自己身上？

「無敵？你沒發燒吧？」

但是傑諾立刻為他當頭潑下一盆冷水。

「只是不怕魔力而已，這樣就算是無敵了？你的腦袋也未免太單純了吧。」

「不怕魔力，不就等於不怕魔法了？魔法師不是傑洛最高端的人類戰力嗎？這樣說來，我也算是比最高端更高端的存在了。嗯嗯，比最高端更高端……聽起來還不錯嘛。」

「……那邊躺在地上還沒醒的女跟蹤狂也算是魔法師哦！你覺得你贏得了她？」

傑諾輕鬆戳破了莫浩然的美好幻想。

要是對上鬼面少女，莫浩然別說是要贏，大概不到十秒鐘就會被幹掉。

「不怕魔力聽起來好像很厲害，但也僅止於此。你的身體只是可以彈開魔力而已，對於物理、能量、毒素等傷害的抵抗力還是跟普通人沒兩樣。亞爾卡斯的絕招正好是純粹的魔力攻擊，所以你才能躲過一劫。要是他揮劍砍來，你早就人頭落地。實戰時，魔法師不會只用魔力攻擊，而是會搭配其他手段來進攻。無敵？你還早得很！」

「媽的！你就稍微讓我妄想一下會死嗎！」

自從來到傑洛之後，莫浩然幾乎每天都被怪物追著跑，生存壓力比山還大。難得有機會可以逃避一下現實，結果又被傑諾硬拖回來。

「唔啊……」

這時，一旁的獸人女孩發出了呻吟聲。莫浩然停止了與傑諾的沒營養對話，走到獸人女孩身邊蹲了下來。

「喂，妳沒事吧？」

「肚子……」

「怎麼了？肚子痛嗎？」

「肚子好餓……」

「……看來妳好得很。」

莫浩然覺得擔心獸人女孩的自己有夠白痴。

「餓……好餓……嗚嗚嗚……」

「好啦好啦，知道了。」

莫浩然從行李裡面取出一大塊肉乾。他才剛把肉乾拿到獸人女孩面前，獸人女孩便閃電般抓住他的手，然後把手掌連同肉乾一同咬下。

「哇靠！好痛——！」

「唔姆唔姆！」

「唔姆妳個頭啊！給我放手！」

「哈姆唔姆哈姆！」

「嗚哦哦哦哦——！」

莫浩然用力一甩，把獸人女孩扔了出去。獸人女孩在空中劃出一道漂亮的拋物線，砰的一聲撞上樹木，然後華麗的墜落地面。獸人女孩就這樣頭下腳上的躺在地上咀嚼肉乾，完全不在意被人扔出去的事。

接著獸人女孩猛然坐起，雙眼放光的望向莫浩然。

「我還要！」

「吵死了！」

莫浩然不再接近獸人女孩，而是遠遠的把肉乾丟過去。獸人女孩縱身一躍，直接用嘴巴哈姆一聲接住了肉乾，簡直跟接飛盤的小狗沒兩樣。莫浩然見狀，試著將肉乾丟到另一邊，獸人女孩照樣用有如疾風般的速度一口咬住。

「哦，很厲害嘛。這樣呢？」

「哈姆！」

「那這樣呢？」

「哈嗨！」

「有一套！嚐嚐這個！」

「哈嗨！」

「喝！絕技！雙重攻擊！」

「哈嗨哈嗨！」

「這樣也接得住？那就三重攻擊！」

「哈嗨哈嗨哈嗨！」

「……抱歉打擾了你的餵食，不過另一個人也醒了哦。」

就在莫浩然玩得不亦樂乎時，傑諾的聲音打斷了他的動作。

莫浩然回頭一看，鬼面少女不知何時也醒了過來，正站在後面盯著自己。

「妳沒事吧？」

鬼面少女先是沉默了一下，接著點了點頭，然後又搖了搖頭。

「什麼意思？」

莫浩然完全搞不懂對方究竟想要表達什麼。

「未達最佳狀態，戰鬥力僅剩十分之一，完全回復約需一天時間。」

極為難得的，鬼面少女開口說話了。

「……總之就是沒事了。」

「……後面。」

鬼面少女突然舉起右手，朝莫浩然指了一下。

「後面？」

莫浩然轉頭一看，赫然見到一張長著尖牙的血盆大口朝自己撲過來！

「我靠妳又咬我的手啊啊啊啊啊——！」

「哈姆哈姆——！」

經過一陣騷動之後，獸人女孩總算安靜下來。

「竟然打輸人類，真是丟臉……」

獸人女孩一邊咬著麵包，一邊憤憤不平的嘟嚷著。

那塊大麵包當然也是莫浩然的東西，它的全名叫做旅行麵包，外表硬如石頭，可以保存很久。這種麵包一般人根本啃不動，要泡水才能食用。但獸人女孩就像是在吃餅乾一樣，卡嚓卡嚓的把它咬碎吃掉。

「對於妳尚未失去羞恥心這件事，我個人覺得很欣慰。但在反省自己的無能之前，應該有些事要先做吧？例如對救命恩人說聲謝謝之類的。」

莫浩然冷冷看著獸人女孩。他開始後悔自己為什麼要救這傢伙了，對方不僅吃光他一半的存糧，還在他手上留下一排齒印，明明就是被救助的一方，態度卻如此囂張。

「救命恩人？」

獸人女孩中止了吃麵包的動作，接著左右看了看，最後一臉茫然的問道：「誰？」

「臥槽竟然還裝傻！妳以為是誰把妳從那堆光彈中救下來的啊！」

莫浩然憤怒了。

「我昏倒了，所以不知道。」

「啊啊，是嗎？不知道啊？那麼就睜大眼睛看仔細。就是我、是我啦！」

莫浩然沒有對人宣揚自己善行的習慣，他覺得那種行為就像是在暗示別人要報答自己，感覺有些卑鄙。不過獸人女孩的反應實在讓人太火大了，害他忍不住說了出來。

「是你呀？」

獸人女孩望著莫浩然，眨了眨眼睛。

「——那麼，要結婚嗎？」

「噗！」正拿著水壺仰頭喝水的莫浩然直接噴了。

「可是，我才十二歲耶，還要一年才到可以結婚的年紀，在那之前，不能跟你交配喲。」

「為什麼突然扯到結婚的話題啊！」

「爺爺說人類一向喜歡這麼做，好像叫以身相許什麼的。」

「沒那回事，我想妳爺爺對人類一定有什麼誤會。」

「還說每個人類男生都有開後宮的夢想。」

「這根本是妳爺爺的夢想吧！」

「已經實現了喲，我有七個奶奶。」

「……就某方面來說，是個很厲害的爺爺。」

「最年輕的奶奶只比我大兩歲。」

「人渣啊！」

真是令人羨慕……不，是令人憤怒！莫浩然頓時對這位素未謀面的長者心生鄙視。

「雖然你看起來很弱，長相也不夠威武，但因為是魔法師，所以爺爺應該也會認同的。」

「不，別再提結婚這件事了。」

「不用擔心，我的第四個奶奶是人類，媽媽也是人類喲。」

「我不是在擔心這個，拜託別再提結婚這兩個字了。」

「難道只想交配就好？你這個禽獸！」

「禽獸的是妳的腦袋吧！為什麼妳會得出這種結論啊！」

「只結婚不交配，這樣也是可以的。」

「那叫結婚詐欺吧！」

「果然還是想要交配嘛……」

獸人女孩望向莫浩然的眼神流露出濃厚的鄙視。

「……算了，報恩什麼的，都忘了吧。」

莫浩然舉手投降。要是再討論下去，他覺得自己恐怕會精神耗弱。

「咦？不結婚了？」

「不結。」

「也不交配了？」

「不用！」

「這樣啊……不過，都已經吃了你的東西，要是什麼都不做，總覺得有點不好意思耶。」

「……」

莫浩然已經不知道該怎麼回應才好了。對食物的恩惠看得比救命之恩還重要，這種奇葩也只有在異世界才遇得到吧。

「還是，我去捉一隻大的給你吃？」

「不，真的不用了。」

「肉可以分你一半。」

「竟然還只有一半……」

「三、三、三分之二也、也是可以的！」

「別一臉為難的樣子！不知道的人還以為我要對妳幹嘛咧！妳什麼都不用做，拜託！」

「……沒想到人類當中也有好人！」

竟然還被發好人卡了……莫浩然頓時有一股流淚的衝動。

「好，我知道了！這份恩情就先記在帳上吧！下次見面的時候，我一定會報答你的！我叫紅榴。」

獸人女孩邊說邊伸出右手，莫浩然見狀，也同樣反射性的伸出右手。

「我叫——」

「我知道，桃樂絲。這是女生的名字吧，可是你不是男的嗎？唔，難道我聞錯了？」

紅榴邊說邊往莫浩然身上嗅了嗅，她似乎是依靠氣味來判斷莫浩然的性別。莫浩然當場便想反駁，但就在這時，傑諾的聲音突然響起。

「別說出自己的名字。」

莫浩然頓時一滯。

「……因為家母一直很想要個女孩，所以才幫我取了這個名字。」

「再生一個不就好了？」

「……呃，基、基於某些大人的理由，沒辦法再生。」

「爸爸不行了？」

妳爸才不行了咧！莫浩然很想這麼大吼，但最後還是忍住了。

「我明白、我明白，這當然不是什麼好意思說出口的事。放心，我會保密的。」

紅榴似乎誤會了莫浩然那無比糾結的表情所代表的意義，拍著小小的胸脯掛保證。

「那麼再見啦，小桃桃。」

紅榴揮了揮手，然後咻的一聲從莫浩然眼前消失了。

「誰是小桃桃啊——！」

莫浩然的怒吼在寂靜的森林裡迴盪，久久不散。

※◆※◆※◆※

奈優．巴納修在雷莫空騎軍團之中，有著相當微妙的地位。

巴納修是英格蘭姆．亞爾卡斯的副官，單純以地位來看，她是空騎軍團的第二把交椅。然而巴納修沒有魔力，換言之，她不是魔法師，而是一個平凡人。

魔力越高，地位越高，這是傑洛的不成文法則，因此無論在哪個人類國家，高階將領幾乎全都是由魔法師來擔任，所以巴納修的存在便顯得異常特別。軍隊是一個非常封閉的體系，像巴納修這樣的人能夠爬到如此高位，理論上是不可能的事。

事實上，巴納修之所以能夠成為亞爾卡斯的副官，乃是運氣與實力相互纏繞的結果。她的父親是流星貴族，過去曾在亞爾卡斯父親手下做事。巴納修雖然沒有魔力，但從小就展露出聰慧的一面，長大之後，她的計算能力與記憶力更是遠遠超越同齡人。

數年前，亞爾卡斯的父親想為兒子找個優秀的輔佐者，於是巴納修的父親便鼓起勇氣推薦了自己的女兒，原本只是抱著試試也無妨的心情，沒想到真的被選上了。

據說亞爾卡斯在看過所有候選人的檔案後，親自指定了巴納修。原因是除了巴納修以外，其他候選人全是上了年紀的老頭子。原本亞爾卡斯的父親後來又說了一句「希望找個經驗豐富的」，但巴納修的父親沒聽到這句話。要是聽見了，恐怕他無論如何都不敢把女兒推出來吧。

巴納修很清楚自己的定位，她知道自己不過是個凡人，那些自視甚高的魔法師們不可能甘心聽從自己的命令，因此她嚴守分際，不輕易使用權力。巴納修盡量降低自己的存在感，以影子的身分隨侍於亞爾卡斯身邊，雖然如此，還是有人稱她是「亞爾卡斯的玫瑰花」。

「那個傢伙其實是用美色勾引元帥的吧？」

「白天坐辦公桌，晚上坐床頭，我們的副官大人真是勤勞吶。」

「年紀輕輕就坐上那個位子，可疑呀。」

……諸如此類的嘲諷比比皆是，不過倒是沒有人敢直接將矛頭指向空騎軍團元帥。亞爾卡斯在士兵心中的地位有如岩石般不可撼動，這也是大家雖然不想承認巴納修，但還是會聽從其命令的緣故。

就在這一天的黃昏，巴納修拿著一疊厚厚的公文準備交給亞爾卡斯簽名，但卻怎麼樣也找不到自己的頂頭上司。

「元帥去哪裡了？」巴納修詢問侍從兵。

「元帥說他要去散散步，很快就回來。」

「很快回來……」

望著沉落的夕陽，巴納修已經做好頂頭上司徹夜不歸的心理準備。

就在巴納修甩動茶色的長髮，準備回自己的辦公室時，耳邊突然傳來熟悉的聲音。

「喲，巴納修，怎麼一臉鬱悶的樣子？又是誰惹妳生氣啦？」

伴隨著沉重的壓力，耳邊響起了像是唱歌般的語調。環顧整個空騎軍團，會用這種方式說話的人只有一個。

「……亞爾卡斯大人，請問您去哪裡了？」

「因為今天天氣不錯，所以就出門逛逛了。」

「放著工作不管？」

「這就是元帥的特權。」

亞爾卡斯一邊做出不夠謹慎的發言，一邊負手前行。巴納修跟在上司身後，眼中閃過一絲疑惑。

「亞爾卡斯大人，發生了什麼事嗎？」

「哦，看得出來嗎？」

「您的靈威似乎跟平常不太一樣。」

「明明沒有魔力，還能夠感覺出來呀？妳也真夠厲害的。」

「過獎。屬下跟著您很久了，這點程度的變化還不至於感覺不出來。」

此時沒有第三者，但巴納修的遣辭用字依然極有分寸，完全是部下對上司的態度，聽不出一絲一毫的曖昧感覺。

事實上，亞爾卡斯與巴納修並非情侶。雖然外界不斷流傳著兩人關係可疑的謠言，但那全是不負責任的猜想。亞爾卡斯從未對自己的副官出手過，巴納修也從未試著勾引自己的上司，這對未婚的年輕男女就這樣維持著單純的上下級關係，並且共事多年，要說不可思議也真不可思議。

巴納修跟著亞爾卡斯回到了辦公室。亞爾卡斯一邊坐入椅子，一邊說道：「事實上，今天下午我去幫梅羅子爵處理了一點麻煩。」

「麻煩？」

「結果原來這個麻煩比想像中還大。」

「請問是什麼樣的麻煩呢？」

「不只如此，我還碰上了比這個麻煩更大的麻煩。」

「……」

「唉，人生就是一連串的麻煩啊。」

亞爾卡斯用吟詩般的口氣大發牢騷，接著把某個物體往桌上隨手一丟。

那是一枚太陽造型的徽章。

巴納修一見到徽章，眼神立刻變得尖銳起來。

「晨曦之刃？」

「啊啊，就是他們。我在幫梅羅子爵處理麻煩的時候，這些大麻煩突然找上門了。」

接著，亞爾卡斯便將自己受託對付勒索殺人犯、卻被一群蒙面人伏擊的事情說給巴納修聽。

「問題出在梅羅子爵身上。」巴納修聽完，立刻斬釘截鐵的說道。

「哦？為什麼是梅羅子爵，而不是他手下的人呢？說不定梅羅子爵一個不小心說溜了嘴呢。」

「那並非重點。重點在於，前面已經有兩個犧牲者了。」

「哦？」

「晨曦之刃巴不得把幹過的壞事讓全世界知道。所以當第一個犧牲者出現之後，晨曦之刃就會聲稱這是他們幹的。也就是說，前兩個犧牲者與晨曦之刃無關。」

晨曦之刃是一個以推翻莎碧娜統治為目的的組織，他們自稱是革命軍，行事神出鬼沒，經常暗殺貴族，每一次得手後都會大肆宣揚，對外誇耀自己的力量，這樣的舉動除了可以嘲弄統治者，也包含了宣傳的意味。如果真的是晨曦之刃所為，他們不會特地寄出勒索信讓被害人有所警惕，而是直接動手。

「這樣一來，事情就變成前面的犧牲者與晨曦之刃無關，但輪到梅羅子爵時，卻與晨曦之刃扯上關係的情況了。這很可疑。」

「那麼，前兩個犧牲者的確是桃樂絲所為，而晨曦之刃想用同樣的手法趁機伏擊梅羅子爵的可能性呢？」

「這更不可能。因為他們無法保證梅羅子爵會赴約，就算赴約了，也無法保證梅羅子爵會獨自前來。不確定的因素太多了，直接暗殺還比較快。」

「那麼，還有沒有另一個可能呢？就是梅羅子爵身邊有晨曦之刃的間諜，梅羅子爵無意間把求援的事說了出去，晨曦之刃收到消息，認為這是個好機會，於是搶先一步埋伏在樹林裡。」

「時間上太過巧合。按您的說法，伏擊者的準備相當充分，甚至搬出了魔彈，顯然有充裕的時間安排一切。除非梅羅子爵與您達成協議後，立刻就向外人透露這件事，但梅羅子爵是個好面子的人，我不認為他會把自己求援的事隨便亂說。」

巴納修將亞爾卡斯所提出的可能性一一反駁，雖然沒有明確的證據，但在邏輯上卻沒有破綻。一聽完事情的經過就能立刻捉住重點，可見巴納修的才能有多麼優秀。

亞爾卡斯聽完點了點頭，他也覺得這整起事件疑點甚多，並隱約感到梅羅子爵大有問題。因此他才會尋求副官的意見，好佐證自己的猜想。

亞爾卡斯擁有敏銳的直覺，而巴納修擁有精密的理性，兩者互補之後，往往能發揮出一加一大於二的效果。

「話說回來，我見到真貨了呢。」亞爾卡斯突然轉換話題。

「咦？」

「桃樂絲啊。我不是說了，碰到更大的麻煩嗎？指的就是正牌的桃樂絲。」

巴納修聞言不禁一愣，於是亞爾卡斯帶著惡作劇得逞的表情，將後來他追擊蒙面人、卻碰上正牌桃樂絲的經過說了出來，但卻故意略過了鬼面少女的存在，僅提及獸人女孩突然闖入戰場的事。

巴納修聽完之後先是深吸呼，然後長長嘆了一口氣。

「亞爾卡斯大人。」

「嗯，怎麼了？」

「下次請先把事情統統說出來。您這種做法擾亂別人的判斷，白白浪費寶貴的時間。」

「哦哦，抱歉，下次改進。」

看到亞爾卡斯一臉漫不經心的模樣，巴納修就知道他絕對不會改，於是她只好認命的繼續說下去。

「如果桃樂絲真的出現在那裡，那我先前的判斷就要推翻一部分了。」

「一部分？不是全部嗎？」

「不是全部。可以確定的是，桃樂絲與晨曦之刃沒有關係，而梅羅子爵最可疑，這點依然沒有改變。」

「我也是這麼想的。那麼，就去聽聽梅羅子爵怎麼說吧，希望他能給我一個合理的交代。」

亞爾卡斯說完便站起身，看來是想立刻去找梅羅子爵算帳。

「等等，亞爾卡斯大人，應該還有其他事要先做吧？」巴納修一臉訝異的說道。

「哦，晚餐嗎？也對，我的肚子的確——」

「我是指桃樂絲，還有那位獸人女孩。」

巴納修的聲音因為頂頭上司的裝傻而變得冷硬起來。

「莫非您想放任一級通緝犯與疑似間諜的獸人到處亂跑嗎？」

「當然不想。可是，巴納修，難道妳覺得我是一個明明功勛近在眼前、卻不伸手去取的無欲之人嗎？」

「……難道？」

「要是能捉早就捉了。」

巴納修睜大雙眼，訝異地說不出話來。

對於亞爾卡斯的強悍，沒有人會提出質疑，才二十七歲就成為元帥，那不是光憑運氣兩個字就能覆蓋住的成就。亞爾卡斯戰場上至今未逢敗績，那件用能力與實績所編織而成的外衣極其耀眼，同時也是士兵心目中的勝利之鎧。

然而，即使是亞爾卡斯也沒有辦法將桃樂絲捉住！光是想像這件事所代表的意義，就讓人覺得不寒而慄。

「對了，更厲害的是，那個桃樂絲看起來還只是個少女而已。雖說年紀還小，不過再過幾年，也會變成一個不輸給妳的大美人吧？成長性值得期待。」

「……現在不是說笑話的時候，亞爾卡斯大人。」

「我是認真的。」

就是這樣才糟糕！巴納修在心中暗喊。

「總之，那是遠遠超出你們能力所能應付的敵人，要是隨便出手，別說是燙傷，搞不好整隻手都會被燒掉。等見完梅羅子爵，我要先回首都一趟。」

「您要回巴爾汀？那視察的行程……」

「繼續。後面的事由妳負責。」

「那麼，要不要發函告知附近的城市，提醒他們桃樂絲出現了？」

「不用。我可不想因為一些好事之徒，增加無謂的麻煩。」

要是知道桃樂絲就在附近，很可能會讓當地城市的統治者為了爭功而出手。憑他們的能力是無法捉住對方的，要是反而造成了什麼無法挽回的破壞就麻煩了，先布下網，到時再一次收緊，這是最安全的做法。

「對了，巴納修。」

「是，還有什麼要吩咐的嗎？」

「我想吃卡瑪風香草烤雞。」

「啊？」

「晚餐的事。」

亞爾卡斯一臉認真的看著巴納修。

「我的確餓了。」

巴納修無言以對。

※◆※◆※◆※

冰冷的新月高懸夜空，若有似無的銀光灑落大地。與天空的月亮、星辰相比，街道上的點點燈火顯得更加明亮耀眼。

梅羅子爵站在城堡書房的落地窗前，右手捧著盛有琥珀色液體的酒杯，沉默的看著街上的燈火。燈火也有明暗之別，較亮的燈火是魔燈，較暗的是一般民眾所用的照明器材。在過去，看著錯落有序的燈火夜景，總能讓梅羅子爵得到自己確定是城市統治者的滿足感，但今天這幅美麗的景色不但無法帶來精神上的慰藉，反而讓他有些焦躁。

梅羅子爵的心情很不好。

讓他如此不悅的理由，來自於在晚餐時間跑來拜訪自己的那個人。

用餐時被人打擾，總會讓人覺得不愉快，但來訪者的身分足以讓這份不愉快有如被陽光照射的朝霧般蒸發掉。因為來訪者正是雷莫三大公爵之一、現任的空騎軍團元帥——英格蘭姆·亞爾卡斯。

梅羅子爵帶著貴族特有的矜持笑容與優雅迎接亞爾卡斯，但對方劈頭說出的第一句話便將他的身心投入了大冰原的風雪之中。

「我親自去會過那些傢伙了，對方是晨曦之刃。這根本不是什麼勒索，而是有目的的伏擊。我需要一個解釋！」

與質問的話語一同出現的，是排山倒海的巨大靈威。梅羅子爵的臉色頓時大變，當場跪倒在地，他沒想到亞爾卡斯一點禮儀都不講，一見面就直接給他來個靈威壓制。

在亞爾卡斯的靈威壓制下，梅羅子爵根本無法說謊。靈威能夠影響生物的精神與身體機能，面對空騎元帥的壓倒性靈威，梅羅子爵絲毫沒有反抗的機會。當時的他只覺得腦中一片混亂，而且渾身無力，喘不過氣。在這種情況下，就算有再好的口才也是徒然，因為你根本就無法思考，沒辦法判斷什麼該說、什麼不該說。

亞爾卡斯反覆質問了數次，在確定梅羅子爵確實什麼都不知道，而且也撬不出更多線索後，便扔下一句「找不到那些溝鼠的線索，我就找你算帳！」的威脅，揚長而去。

當時在場的可不只亞爾卡斯與梅羅子爵，還有城堡裡的眾多僕人與警衛。那些卑微的小人物雖然也因為靈威而癱倒在地，卻也同樣將梅羅子爵的狼狽模樣看在眼裡。雖然梅羅子爵下過封口令，但他也知道那些僕人喜歡沒事嚼舌根的下流習性，恐怕到了明天，自己的醜態就會傳遍本城的貴族圈子了。

「哼！」

梅羅子爵越想越憤怒，忍不住將手中酒杯往地上用力一砸。酒杯應聲破裂，但絲毫無法澆熄梅羅子爵的怒火。

「該死的金髮小子！只不過是個突變種而已，竟然敢對我這個傳承四代的高貴血統無禮！」

梅羅子爵咬牙低吼，他的表情猙獰，屬於貴族的矜持儀態早已被怒火焚燒殆盡。

所謂突變種，是對魔力出現隔代異變者的蔑稱。突變種與流星貴族不同的地方在於，流星貴族的雙親都是凡人，而突變種的雙親都是魔法師。

決定魔法師日後成就的先天性因子在於靈子鏈（類似於地球的ＤＮＡ），靈子鏈的血緣傳承雖然會有波動，但總體說來還是相當穩定的。舉例來說，如果兩名子爵級魔法師結合的話，所生下的子嗣有極大的機率可以成長到子爵級，最高是伯爵級，最低也會是男爵級——如果這位子嗣不要太過懶散的話。

正常情況下，只要超出這種誤差範圍的例子就會被稱為突變種，突變的情況有時正向，有時負向。

亞爾卡斯就是正向突變的範例之一。他本人擁有公爵級的魔力，但父親只是一介小小男爵。

遺憾的是，突變種之所以會是突變種，就是因為它的變異無法控制，比起無法控制在手心的東西，還是能夠牢牢握住的東西更受人重視。亞爾卡斯的子嗣很有可能還是男爵級，但梅羅子爵的地位已經穩定傳承了四代，因此就算面對大名鼎鼎的雷莫雙壁之一，梅羅子爵還是有一種心理上的優越感。

遺憾的是，梅羅子爵的優越感今晚被對方踐踏得體無完膚。但相較於憤怒，他感受到更多的還是恐懼。公爵級魔法師究竟有多可怕，他今天徹底體會到了。那是一種足以瞬間將自己化為塵埃的強大，而且那還是亞爾卡斯有所保留的情況下。

「要不是有這個的話……」

梅羅子爵一邊喃喃自語，一邊撫摸別在左胸的寶石胸針。

托這枚寶石胸針的福，梅羅子爵逃過了一劫。如果沒有這枚胸針，他必死無疑。

「你看起來好像很害怕。」

突然間，書房裡傳來了不屬於梅羅子爵的聲音。

梅羅子爵驚訝的四處張望，卻什麼也沒看到。書房裡的家具擺設一如往常，就連燈火投射出的陰影也跟平常沒兩樣。梅羅子爵立刻釋放所有靈威，如臨大敵的瞪著虛空。

「別緊張，我不是亞爾卡斯派來的人。」

那道聲音再度響起。梅羅子爵額上滿是冷汗，因為他完全感受不到對方的存在。

「晨曦初升，銀霧退散，你懂嗎？」

梅羅子爵聽到這句話之後，立刻放鬆下來，並且回了一句暗語。

「我懂。銀霧破滅，晨曦永在。敢問您是哪一位？」

梅羅子爵用上了敬語，因為對方值得他這麼做。

梅羅子爵知道，自己之所以看不見對方，是因為對方用了「隱跡之型」這個魔法。那可是相當高階的魔法，能使用這個魔法的人，實力絕對在子爵級之上。

「不用知道我的名字。亞爾卡斯問了你什麼？從頭到尾說一遍給我聽。」

「是、是的。」

梅羅子爵一臉惶恐的將今晚的難堪體驗說了出來，同時不忘痛罵亞爾卡斯究竟多麼不懂禮儀，簡直就是貴族圈的恥辱，而且還是恥辱中的恥辱。

那道聲音聽完後，只是冷冷的說道：「你口中的恥辱，可是雷莫三大公爵之一。比這個恥辱還不如的你，又算什麼？」

梅羅子爵頓時漲紅著臉，久久說不出話來。

「算了。看來『真實之謊』很有效，連亞爾卡斯都能瞞過。」

「是、是！確實很有效。幸好有它，不然我死定了。」

梅羅子爵連忙附和，好擺脫尷尬。

沒錯……晨曦之刃伏擊亞爾卡斯的事，主使者確實是梅羅子爵。

事實上，用主使者來形容梅羅子爵並不正確，因為他也只是聽命行事而已。但一手安排此次行動的，的確是這個男人沒錯。

梅羅子爵故意利用桃樂絲的傳言，暗殺了兩個與他有糾紛的貴族，然後向亞爾卡斯請求協助。原本他的目標是空騎軍團的軍官，沒想到亞爾卡斯完全不按牌理出牌，竟然親自前來，用絕對的實力粉碎了他精心布下的陷阱。

強力的殺手加上強力的魔彈，這樣的組合就算是伯爵級魔法師也必死無疑，但要對付雷莫雙壁，那就純粹是個笑話。幸好梅羅子爵的事前準備滴水不漏，暗殺部隊也沒有活口，最後再加上「真實之謊」，他才能保住一命。

「真實之謊」是不久前組織發給他的魔導道具，戴上它之後，就算受到靈威壓制，也能夠像平常一樣思考。由於這個魔導道具僅能抵擋靈威的精神衝擊，無法阻斷對生理機能的干擾，所以梅羅子爵才會跪倒在亞爾卡斯面前，一副驚慌失措的模樣。但也因為這樣的表現，亞爾卡斯完全沒想到梅羅子爵竟在說謊。

「你幹得還不錯。但，還是留下了破綻。」

那道聲音先是讚美，接著說出令梅羅子爵大吃一驚的話。

「破綻！怎麼會？我已經把所有的證據都處理掉了！連送信的僕人也都殺了！怎麼可能還會有破綻！」

「不，還有一個知情者你忘記解決。一旦亞爾卡斯把這件事上報監察院，以他的地位，里希特很可能親自出手。那頭獵犬的鼻子太靈了，就算有真實之謊，也不一定瞞得了他。」

那道聲音口中的里希特，全名叫麥朗尼．里希特，候爵級魔法師，雷莫的監察總長，被暗地裡從事不良勾當的貴族們稱之為「鋼鐵獵犬」的男人。

「亞爾卡斯只是對你靈威壓制而已，但要是里希特，很可能一見面就先把你關押起來再說，你身上的魔導道具也必然會被收走。」

「您說的那個人究竟是誰？我立刻把他處理掉！」

梅羅子爵頓時緊張起來。他也聽說過里希特的大名，那頭鋼鐵獵犬冷酷無情、軟硬不吃，他直屬於女王陛下，擁有臨急調動軍隊的特權，區區子爵根本對抗不了他。

「不用擔心，我會幫你處理那個人的。」

「這、這怎麼好意思？太麻煩您了！」

「只是舉手之勞而已。」

那道聲音一說完，梅羅子爵突然覺得有一股失重感。

他發現自己的視線越來越高，就像在天花板俯視地面一樣。

然後，有一具無頭的身體正站在書房中央。

當梅羅子爵終於察覺那其實是自己的身體時，意識也跟著斷絕了。

「你一死，就什麼證據都沒了。」

那道聲音說完，便再也沒有出現。

只剩下深沉的寂靜殘留於書房。

旅行日 04

善良的傑克．史萊姆先生

一提到英格蘭姆．亞爾卡斯這個男人，不論是過去、現在或未來，每個人都對他有著相當高的評價。

亞爾卡斯在二十七歲時就成為空騎軍團元帥，如此年輕的元帥，在雷莫歷史上是絕無僅有的事情。更重要的是，亞爾卡斯家族乃是男爵，也就是所謂的「無城者」家系。這名奇才沒有依靠家世背景，而是憑著自己的力量爬上了現在的位子。

許多人對於亞爾卡斯的年輕深感不忿，對他那極度缺乏貴族風範的輕浮言行更是指責有加。然而不管這些人再怎麼討厭亞爾卡斯，也無法否認這名男子確實戰績彪炳。

亞爾卡斯在三年前與亞爾奈的戰爭中大放異彩，接著在雷莫王位爭奪戰時，毫不猶豫地站到莎碧娜這一方，用他的利劍為銀霧魔女斬開道路。在這段過程中，亞爾卡斯所展露出來的忠誠、勇氣、武勇與智謀，每一項都讓人無法挑剔。

在軍隊裡面，許多軍官其實都是出自無城者家族，在這些人的眼中，亞爾卡斯無疑是最為耀眼的星辰。亞爾卡斯在任用部下時，也同樣不拘泥於魔力的有無與家世的高低，純粹以才能為考量，這種做法為他招來貴族的不滿，同時也招來士兵的愛戴。

至於雷莫雙璧的另一人，也就是赫伯特．札庫雷爾，則與亞爾卡斯截然相反。

札庫雷爾家族乃是雷莫的名門望族，在內戰當中，赫伯特·札庫雷爾不顧家族反對，毅然決然地投入莎碧娜麾下。這項決定不僅讓他奪得了家主之位，更讓他贏得了陸戰軍團總元帥一職。

跟亞爾卡斯的任用方針比起來，札庫雷爾較為重視家世與傳統。兩人保持著絕妙的平衡，不僅顧及了下級貴族的士氣，也保存了上級貴族的顏面，這或許就是莎碧娜會做出這番人事命令的原因。

這一天，亞爾卡斯獨自乘坐浮揚舟，秘密回到了首都巴爾汀。他的雙腳一踏上地面，便立刻前往黑曜宮，請求謁見莎碧娜。沒有多久，他的請求便獲得了實現。

當空騎軍團總元帥見到雷莫的女王時，將自己在巡視途中所見到的事情全部都說出來後。

「……你是說，我的護衛在保護桃樂絲？」

聽完報告之後，莎碧娜微微皺眉。

「是的。屬下覺得事有蹊蹺，便立刻回來向您報告。」

如果寫在信上，恐怕會有不夠詳盡之處，而且也會有被竊取或偷看的危險。更重要的是，亞爾卡斯直覺的認為這其中恐怕另有隱情，非親自回來報告不可。亞爾卡斯一向相信自己的直覺。

「你還是一樣伶俐，亞爾卡斯元帥。」

「陛下過獎。無法將桃樂絲一干人犯帶到陛下面前，還望陛下恕罪。」

從莎碧娜的口氣聽來，亞爾卡斯確信自己的直覺這次也沒出錯。

「如果陛下允許的話，請將逮捕桃樂絲的工作交由屬下，讓屬下有洗刷恥辱的機會。」

莎碧娜沒有立刻同意，只是注視著亞爾卡斯。

亞爾卡斯站在原地不發一語，謁見室裡頓時陷入沉默。

「亞爾卡斯元帥。」

過了好一陣子，莎碧娜終於開口。

「是，陛下。」

「你用了『吟頌者』嗎？」

「……慚愧。屬下的確動用了您所賜下的魔操兵裝。」

「沒什麼好慚愧的。如果你沒有用到魔操兵裝就能打倒她的話，我反而要失望了。說起來，我還要感謝你手下留情才對。」

莎碧娜說完輕笑了兩聲。亞爾卡斯發覺莎碧娜的話中似乎暗藏了某些不透明的訊息，不過他知道自己最好別追問。

「跟你交手的魔操兵裝，名叫『漆黑騎士』，跟你的『吟頌者』同級。」

莎碧娜突然開口了。亞爾卡斯表情沒有改變，但精神卻因為這句話而產生了動搖。

魔操兵裝是以不穩定性變異元質粒子作為基礎的特殊裝備。根據不穩定性變異元質粒子的完整性，可以區分出多種等級。越是完整的不穩定性變異元質粒子，激發出來的能量也就越強。一般而言，最完整的不穩定性變異元質粒子都會用來當作魔力爐的驅動核心，作為國家層級的能源供應中樞。

亞爾卡斯獲賜的魔操兵裝「吟頌者」，是以俗稱「權杖」的第二級不穩定性變異元質粒子為核心。在雷莫，除了莎碧娜的皇冠級「銀霧祭禮」與札庫雷爾元帥的權杖級「霸炎」之外，其餘的魔操兵裝都是屬於第三級以下的水準。

（第三個權杖級魔操兵裝……「漆黑騎士」……）

亞爾卡斯感覺自己的心跳加快了。雖然先前交手時，他就已經感覺到鬼面少女的魔操兵裝非比尋常，但是怎麼也沒想到竟然會跟自己的「吟頌者」同級。

在訝異的同時，亞爾卡斯心中的迷惑更加濃厚了。

將珍貴的權杖級魔操兵裝賜給一名隨身護衛，這就像是把一整支軍團交到他人手上一樣，實在讓人難以置信。

「亞爾卡斯元帥，你特地中止了你的巡視行程，第一時間趕回來向我報告，這件事做得很好。」

「陛下盛讚了。」

「你是空騎軍團的總指揮，如果連捉個犯人都要讓你親自動手的話，那麼別人或許會認為我雷莫已經沒有人才了。」

莎碧娜優雅地輕揮右手。

「退下吧。這件事我自有安排，你繼續做你該做的事情就行了。」

「屬下告退。」

亞爾卡斯行了一禮，然後走出謁見室。離開前，他忍不住向後望了一眼。

只見銀霧的魔女閉上雙眼，陷入無言的沉思。

※◆※◆※◆※

「……看來不改變不行了。」

在早晨的微光中，傑諾語氣沉重的對莫浩然說道。

「……嗯，沒錯，非改變不可。」

莫浩然看著輕飄飄的袋子，同樣語氣沉重的回答。

兩人的對話無法被第三者聽見。由於此時的傑諾是以精神波的形式寄宿於莫浩然身上，因此看在外人眼裡，莫浩然只是純粹一個人在自言自語而已。

一旁的鬼面少女見狀沒有任何反應，對於莫浩然突然喃喃自語的情況，她早就習以為常了。不過就算不習慣，她也同樣不會有任何反應。身為強化人造兵，鬼面少女本來就是情感淡薄的生物兵器。

莫浩然與傑諾此時所討論的，便是關於日後的行程。

根據傑諾的說法，囚禁他的監牢位於雷莫西部的邊境地帶，因此莫浩然自從離開曼薩特城後，便一直朝著西邊前進。但因為某件意外事故，逼得他不得不繞道而行。

那個意外事故，便是糧食不足。

至於事故原因，則是某個名為紅榴的暴食獸人女孩。

紅榴的體型雖然嬌小，但食欲有如天空般的廣大，食量有如無底沼澤般的深沉。莫浩然的存糧有一大半進入了她的胃袋，以至於發生這一次的糧食危機。見到糧食袋的重量已經輕到足以被風吹跑時，莫浩然深刻的體認到什麼叫好心沒好報。

莫浩然也曾試著用打獵來彌補糧食缺口。在他想盡辦法用那毫無準頭可言的穿弓之型幹掉一頭一級怪物，並以非常業餘的手法砍下一塊肉烤來吃之後，他決定放棄這個主意。理由在於怪物的肉實在太難吃，不僅又酸又韌，而且還有強烈腥味，根本無法入口。

逼不得已，莫浩然只好臨時改變路線。存糧只剩下三天的分量，幸好根據地圖，西北方有一座名叫茲納魯提的城市。

這份地圖是委託旅行商人西格爾採購物品時一起入手的。地圖的內容很簡陋，只有大致畫出雷莫的城市分布位置而已，甚至連比例尺也沒有。然而光是這樣一份資訊貧乏的地圖，其價值就占了魔彈兌換金額的四分之一。

從地圖上來看，茲納魯提似乎離這裡並不遠，但那完全是錯覺，因為莫浩然根本沒辦法精準的確定自己目前的位置，加上地圖也沒有比例尺，所以想要見到茲納魯提，或許就是明天的事，也或許走上五天都見不到。

要是有全球衛星定位系統（Global Positioning System，GPS）的話，事情就簡單多了，莫浩然心想。由於過去一直沐浴在科技的光環下，所以對科技的力量沒什麼特別的感覺，等來到了異世界，才會知道地球的人們之所以可以活得那麼輕鬆，絕大部分都要歸功於那些默默付出的科學家。

附帶一提，之前莫浩然曾經騙鬼面少女要去巴爾汀找莎碧娜，但事實上要去巴爾汀的話必須往東走。鬼面少女曾經問過一次這是怎麼回事，莫浩然有點心虛的用「還有事要辦，以後再說」這種話來搪塞，原以為鬼面少女就算不當場發飆也會大發牢騷，沒想到她卻什麼也沒說，態度平靜得像是什麼也沒發生過一樣。

因為鬼面少女的反應太過冷淡，莫浩然忍不住懷疑這該不會是某種爆發的徵兆。就像暴風雨前的平靜一樣，眼前的穩定，只是為日後的動亂做準備。於是那陣子騎捷龍時，莫浩然不時留意自己的背部，擔心鬼面少女會從後面捅自己一劍。

「這是器量問題。會擔心這種事，代表你的心眼比強化人造兵還要小，這不得不說是一件令人遺憾的事。」

對於莫浩然的憂慮，傑諾給出這樣的回應，因此換來了宿主猛拉頭髮的自殘行徑。

就這樣，莫浩然臨時改變行程，朝茲納魯提的方向前進。

「我想學新的魔法。」

這一天晚上，在做完飯後的例行魔法練習後，莫浩然突然對傑諾說道。

「哦，什麼樣的魔法？」

「攻擊魔法，近距離戰鬥型的。」

「為什麼？」

「廢話。我的穿弓之型怎麼射都射不準，要怎麼用來打怪啊？上次那一頭還是用零距離射擊幹掉的！與其這樣，我還不如用近距離攻擊型的魔法，像是上次那個亞什麼卡斯用的那種，會發出光焰的那招。」

「是亞爾卡斯。你說的是煌威之型吧？」

「就是那個。」

「那個很難學哦。」

「沒關係，其他的魔法也行。每次都讓女孩子頂在前面，總不是辦法。」

與亞爾卡斯的戰鬥也好，遇上強大的怪物也好，每次碰到無法逃離的對手，莫浩然都是想辦法誘使他們攻擊鬼面少女，然後把戰鬥交給鬼面少女去處理。雖說是迫不得已，但對一個十六歲的少年而言，這仍然是很傷自尊的事。

「唔……」

傑諾的聲音聽起來有些為難。

「也不是不能教你，但我覺得就算教了，對你的戰鬥力也不會有多大幫助。」

「怎麼會沒有幫助？」

「因為就實用性來講，遠距離攻擊型魔法遠大於近距離攻擊型。就以穿弓之型與剛擊之型為例好了，前者只要瞄得夠準就好，後者卻要配合劍術才能發揮作用。劍術這種東西，可不是短時間就能提升起來的東西。」

「唔。」

「換個角度來說，其實所有的近距離攻擊戰型魔法都要用近戰技術作為基礎，才能發揮出百分之百的威力。你懂劍術嗎？或是其他任何一種近戰技術？」

「……打架的話，是有一點自信啦。」

不懂打架的不良少年就像是不懂用槍的警察一樣稀有，國中時代就稱霸周遭地區的莫浩然，在打架技巧上的造詣足以甩掉一般的不良少年好幾條街。當時他與好友吳守正為了以寡敵眾，打起架來完全無所顧忌，拉頭髮也好，踢下陰也好，總之哪招有效就用哪招，讓敵人忌憚不已。

要是學習正統格鬥技的話，莫浩然恐怕也不會有這樣的戰績。道場的那一套在街頭鬥毆時絕對吃不開，在沒有裁判、沒有邊線、沒有規則的情況下，科班出身的傢伙反而很難贏過野路子，莫浩然就曾經單挑打贏過一個空手道黑帶二段。

當然，如果那個黑帶二段多打幾次，習慣街頭打法之後，或許就能贏過莫浩然了吧。但這是打架，不是比賽，每輸一次就要付出沉重的代價，不是每個人都能屢敗屢戰。

「無流派的格鬥技巧嗎……對付怪物的話或許還可以，但要對付魔法師的話，恐怕贏面不大。」

「沒關係，又不是每次都有魔法師找麻煩。」

「好吧。」

傑諾為莫浩然張開了半徑十公尺的魔力領域。

「那麼，我們先從剛擊之型開始。」

接著傑諾將剛擊之型的原理一一告訴莫浩然。

剛擊之型的建構方式分為兩階段。第一階段是將魔力注入武器內部，大幅提升硬度，第二階段是將魔力包覆在武器外層，當武器擊中目標時便會附加魔力傷害。之所以要這麼做，是因為魔力在擊中目標物的同時，也會反作用於武器上，武器要是不夠堅固的話，反而容易被毀掉。

最初的剛擊之型只有在武器外面包覆魔力而已，因此經常發生武器毀損的意外事故。後來有人發現了這一點進行改良，多加一道內部強化的建構流程，大幅提升了剛擊之型的實用性。

莫浩然拿著樹枝練習，很快就將魔法構建出來。其實並不難，關於外層的魔力包覆，只要纏繞住樹枝就可以，就算魔力纏繞得不夠均勻也無所謂。困難的部分在於注入樹枝內部的魔力，太小的話強度不夠，太大的話樹枝又會爆炸，讓操魔技術不夠精細的莫浩然頭大不已，連續炸了三十多根樹枝才勉強成功一次。

「……我覺得你還是放棄剛擊之型好了。」

莫浩然那慘不忍睹的成績，讓傑諾忍不住發出嘆息。

用剛擊之型強化過的武器，每擊中物體一次，武器外層的魔力就會被削弱一分，反饋的衝擊力也會與武器內部的魔力互相抵銷，因此必須持續為武器注入魔力。像莫浩然這樣的成功率，還不如直接用穿弓之型玩零距離射擊比較快。

「唔——」

莫浩然雙手抱胸，雙眉緊皺，努力思索該如何提高成功率。

他不是一個容易放棄的人。不管是打電動卡關或解不開的數學題，他都會努力嘗試，直到破解。

「老是卡在魔力注入內部這關……我說傑諾，真的不能省略這個步驟嗎？」

「可以呀，只不過武器用一次就壞。」

「如果壞掉也無所謂呢？」

「嗯？」

「用便宜又容易取得的武器，就像樹枝……」

莫浩然邊說邊撿起一根新的樹枝，用大量魔力將其包覆，然後用力往地上一戳，接著砰的一聲，地面就像被硬物擊中似的，出現了一個小洞。

「你看，威力還不錯啊！」

「是很不錯，但敵人可不會呆站在原地給你戳。如果對方閃過攻擊，你的武器戳中別的東西而壞掉，恐怕在你掏出新武器之前，就會被對方給殺了。」

傑諾一下子就指出這個戰術的破綻，莫浩然再度皺眉苦思，然後看著自己的右手。

「那麼……如果用魔力包住拳頭呢？」

「喂，別亂來啊！魔力的反饋衝擊會讓你的手斷掉的！」

「這具身體不是不怕魔力嗎？」

傑諾頓時啞口無言。

沒錯，莫浩然的身體不懼魔力，因此理論上是可以直接用拳頭施展剛擊之型的。但以前從來沒人這麼做過，所以傑諾也無法提供意見。

「好，試試看吧！」

莫浩然深吸一口氣，然後將魔力覆蓋在拳頭上。他也不敢使用太多魔力，只覆蓋薄薄一層而已，接著一拳打向身旁的樹木。

「唔哦——！」

莫浩然發出驚訝的叫聲。

在擊中樹木的瞬間，包覆於拳頭上的魔力炸了開來！莫浩然沒料到會發生這樣的情況，右手臂立刻被那股反作用力給彈開，差點就向後跌倒。

「還真的可以……」

傑諾的聲音聽起來有些錯愕。

樹幹出現一個燒紅的凹洞。

光憑莫浩然的拳頭，不可能打出這樣的威力。

「你看你看！成功了！」莫浩然指著樹幹的凹洞，一臉興奮的說道。

「你的手……確定沒事嗎？」

「沒事。」

莫浩然揉了揉右手，感覺並不特別疼痛。正如他所猜想的，魔力的反饋對他無效，剛才右手會被彈開，則是正常的反作用力。這也讓他確定了一件事，那就是自己的身體雖然不怕魔力，但無法免疫因魔力而引發的物理變化。

莫浩然仔細觀察被他打出的凹洞，深度大約一公分左右，凹洞因為高溫的關係變成了紅黑色。

「效果看起來很不錯嘛。」

「……豈只是不錯，這已經算是特殊型魔法的範疇了。」

「咦？這算絕技嗎？」

特殊型魔法屬於不對外公開、只有一小部分魔法師才會使用的魔法，這種魔法的構建方式乃是絕對的秘密，是上位貴族用來奠定地位的王牌。平時不會輕易使用，但只要一使用就絕對要打倒敵人，以免洩漏魔法的相關情報，所以也被稱為絕技。

「嗯，是絕技。不過不是一般意義上的絕技。因為你這個魔法的關鍵不在於建構方式，在於自己的身體。就算知道了原理也無法模仿，除非對方也有不懼魔力的身體。」

「絕技啊……」

莫浩然看著雙手，心中湧起一股強烈的感就感。

雖然先前學了不少魔法，但因為操魔技術太差，所以無法在實戰中派上用場。現在有了這一招，總算能擺脫不斷逃命的窘境了。

「對了，要幫這招取名字才行。」

終歸是十六歲的少年，莫浩然開始煩惱要幫這個魔法取什麼樣的名字。遵照傑洛的傳統，取名某某之型？不行，聽起來好遜！這可是獨一無二、除了自己沒人使得出來的魔法，當然要取個夠響亮的名字！

「嗯……既然會爆炸，名字裡面就要有個爆字……好像太俗了……？」

「喂。」

「爆裂……炸裂……碎裂……嗯，都不好……還是要有個霸字呢……」

「喂、喂喂。」

「霸轟魔烈滅碎拳……嗯！強而有力！但聽起來像反派角色的招式……」

「喂——！」

「次元轟裂龍虎咆哮破碎擊……帥是很帥……但……」

「帥個屁啊！這種亂七八糟的名字是怎麼回事啊！」

傑諾一聲巨吼，硬生生將莫浩然從取名大業中喚醒。

「什麼亂七八糟？太失禮了。這是某部動畫裡面的角色招式，聽起來不是很帶勁、很有躍動感嗎？」

「這種招式名稱，不管是喊的人或聽的人都會因為太過羞恥而自盡吧！而且你這招也配不上這種誇張的名字！」

「什麼意思？」

「就是字面上的意思。雖然這個魔法的確很特別，威力也不差，但在實戰中派上用場的可能性並不高。」

「咦——？為、為什麼？」

「說穿了，這個魔法的基礎還是剛擊之型，只不過把附著魔力的標的物從武器變成拳頭而已。想想看，要是在雙方都使用剛擊之型的情況下，你用拳頭去擋人家的劍，會有什麼後果？」

莫浩然立刻啞口無言，先前的欣喜之情頓時消失無蹤。什麼後果？當然是魔力互相抵銷，然後對方的劍把自己的手砍斷。

經驗豐富的魔法師，戰鬥時會在心中設下一條警戒線，當敵人跨過了那條線，哪怕對方手無寸鐵也會拔劍以防萬一。一旦遇上這種對手，莫浩然的新型魔法只能作為奇襲之用，而且只有一擊的機會。

想把這個魔法變成真正的武器，就必須創造出讓敵人無從閃避的機會。

這種說法聽起來很抽象，但說穿了，其實就是基礎能力的問題。

威力再強的大炮，一旦打不中敵人就跟廢鐵沒兩樣。現在的莫浩然，還沒有能夠將新型魔法發揮到極致的戰鬥技術。單憑街頭打架磨練出來的身手，能將新型魔法應用到什麼樣的地步？雖說在實戰前誰也說不明白，但按照常理，效果應該是有限的。

被傑諾這麼一提醒，莫浩然的心情也跟著沉重起來。戰鬥技術這種東西，可不是說提高就能提高的。

「也不用想得那麼複雜。沒辦法提升整體實力的話，那就從戰術著手。」

傑諾建議莫浩然從另一個方向著手。

「戰術？」

「嗯，戰術。也就是思考『必定可以創造出機會』的方法。例如先用穿弓之型攻擊地面，趁著塵土飛揚視線受阻的時候，用瞬空之型逼近敵人，再使用你那個什麼轟什麼烈的魔法。」

「我懂了，連段技是吧。」

「那是什麼？」

「沒事，我知道你的意思了。」

格鬥電玩想要玩得好，反應不一定要很快，角色招式也不一定要全部熟練，只要學會基本的操作，再加上一、兩套犀利的連段技，就能打出不俗的成績。

「好！接下來就是想怎麼連段，還有招式的名字！」

莫浩然握拳說道，看起來興致勃勃。

※◆※◆※◆※

茲納魯提城位於平原之上，河流在遼闊的大地上面靜靜流淌著，為土壤帶來名為肥沃的祝福。由於茲納魯提城的地形與氣候非常適合耕作，因此雷莫不惜投入大量的魔導技術，盡力提升農作物的產量。經過長年努力，茲納魯提城已經變成名符其實的大糧倉。城市外圍環繞著大片的農田與果園，一年四季都可以看到農人在田地裡辛勤耕耘的身影。

莫浩然在雷莫曆一四〇六年，落春之月三日下午三時抵達茲納魯提城的警戒區邊界線。再繼續深入，便算是正式進入茲納魯提城的領土。最明顯的證據，就是地上開始出現平整的道路。

由於桃樂絲的通緝令早已傳遍雷莫，要是莫浩然就這樣大剌剌的走過去，恐怕還沒見到茲納魯提的城門，城市駐軍就會直接殺過來了。

雖然傑諾只要離開莫浩然的頭部就好，但這樣一來莫浩然將無法使用魔法，自然也就不能偽裝成魔法師通過城門崗哨，因此有變裝的必要。

根據上次亞爾卡斯的反應，關於桃樂絲的通緝令上應該沒有圖像，只有簡單的外部特徵而已。這種程度的通緝令有跟沒有一樣，想不被認出來是很容易的事。

在傑諾的指導下，莫浩然用貝葉草的草根把頭髮染成了淡黃色，接著穿上領口寬鬆的衣服，讓人一眼就能看出平坦的胸部，確認自己的性別。如此一來，莫浩然便由白髮少女變成了黃髮少年。

穿過城市外圍的警戒區時，路過的農人並沒有像上次在曼薩特城一樣，對莫浩然低頭行禮。這是因為此時的莫浩然與鬼面少女騎著捷龍，行李也就理所當然的掛在捷龍身上，沒有用魔力托住，因此沒人認得出他是魔法師。

在距離城門還有十公尺時，站哨的士兵已經盯住了莫浩然。他們一眼就看出莫浩然不是本城的人，像這種外來者一向是盤查的頭號重點，也是索賄的首要目標。

來到城門後，士兵果然把他們攔了下來。

「站住！把你們的黑牌拿出——」

士兵的聲音戛然而止。

理由很簡單，傑諾釋放了靈威。

傑諾釋放的靈威並不強，頂多只有半徑十公尺而已，但用來表明魔法師身分已經很足夠了。

「大人！歡迎您來到茲納魯提！」

士兵們機警的站直身體敬禮，同時大聲喊道。一旁等待入城的人也跟著彎腰行禮。

就這樣，莫浩然無驚無險的入城了。

入城後，傑諾收起靈威，莫浩然頓時由高高在上的魔法師變成了不起眼的凡人，徹底隱沒於人群之中。因為長途旅行的關係，他的衣服又髒又破，渾身上下散發出一股流浪者的氣息。發出惡臭倒還不至於，遇到河流或湖泊的時候，他都會順便停下來洗澡，就算沒有水源，也會用毛巾與飲用水簡單的清潔身體。

跟在他後面的鬼面少女看起來倒是沒這麼落拓，她的軍服大衣是用特殊材質編織而成，輕軟堅韌，而且還具備一定程度的魔力抗性，加上又是黑色的，就算髒了也不容易看出來。

莫浩然向路人詢問哪裡有便宜的旅館，對方先是用奇怪的眼神打量莫浩然，似乎覺得眼前這對共騎捷龍的男女很可疑，然後推薦了一間名叫「花與風」的旅館。

路人沒有說謊，「花與風」的住宿費確實很便宜，最便宜的房間只要五十夸爾特，沒有附餐。鬼面少女當然不可能單獨住一間，因此莫浩然訂了一個有雙人床位的房間。

莫浩然並不缺錢，但他想盡可能的低調行事，所以才會選擇便宜的旅館。

「聽好，我可是很認真的。」

進到房間之後，莫浩然便一臉嚴肅對鬼面少女說道。

「我發誓，我絕對不會跑掉，所以洗澡的時候，請妳千萬要跟我分開來洗！拜託！」

莫浩然向鬼面少女提出了足以令天下男性鄙視的請求。

是的，為了貫徹自己的監視任務，鬼面少女又想跟莫浩然一起進浴室了。

有一個身材火辣的美少女願意無償與自己共浴，這是多麼難得的一件事啊！會拒絕這種好事的人，不是白痴就是傻子，不是傻子就是白痴，總之絕對不正常！

莫浩然自認為自己是個非常正常的男孩子，但是他完全不想跟鬼面少女一起洗澡。一方面是基於青春期少年特有的自尊與矜持，另一方面是這樣的共浴方式讓他有種被脅迫的感覺。

如果莫浩然的臉皮更厚一點，或許就能毫無心理負擔的享受這種事了。但至少在現在這個時間點上，他無法接受與鬼面少女一起洗澡。

不知是因為莫浩然的懇求奏效，還是因為鬼面少女也不想繼續共浴下去。在思考了十秒鐘之後，鬼面少女總算點頭同意了。

「你確定不趁現在溜掉？」

鬼面少女進入浴室後，傑諾詢問莫浩然。

「不要。」

「出於好奇，我想聽聽你的理由。先前你不是還一直想逃跑的嗎？為什麼又改變主意了？」

「沒什麼，就只是不想跑而已。」

誰都聽得出來莫浩然的回答只是敷衍。人類這種生物，只要一旦決定不想說，就怎麼都不會說出來。這種決定有時並非基於理性，而是純粹出之於感情，但這一類的決定往往更加固執。

「這樣啊？沒關係，我能理解。雖是敵人，但只要不遇上莎碧娜，她依然算得上是一個優秀的保鑣。無法處理的敵人扔給她就好，就像之前碰見亞爾卡斯那次一樣。要是她不在，困擾的反而是我們。」

這番話聽似體恤，其中卻藏了尖銳的毒針。傑諾是故意這麼做的，遺憾的是，莫浩然上當了。

「才不是這樣！我只是覺得要跑就光明正大的跑而已！」

十六歲少年的決心，被狡猾的大法師輕易擊潰。

「什麼叫光明正大的跑？」

「就是用她追不上的速度，在她面前跑掉。」

「……我可以把這句話理解為，你想在移動型魔法上勝過她嗎？」

「就是這樣。」

「不可能。」

「你回答得也太快了吧！好歹猶豫一下啊！」

「不可能的事就是不可能。請放棄不切實際的幻想，早點面對現實。你的操魔技術太爛了。」

無論是哪一種魔法，其威力都取決魔力領域與操魔技術。若將移動型魔法比喻成地球的汽車，魔力領域就是汽車引擎，操魔技術就是駕駛技術。引擎能飆出多快的速度，完全仰賴車手的技術。外行人就算坐上方程式賽車，也只能跑得跟普通房車差不多快，要是一不小心油門踩得太猛，最有可能的結果就是發生車禍。

「總會有辦法的，沒看到我連絕技都想出來了。」

「有自信是好事，但太過自信就是找死哦。」

「吵死了！」

莫浩然強硬的結束了這個話題。

傑諾知道莫浩然並沒有將全部的理由說出來，但他也沒有再繼續追問下去。有時候，就連當事人自己也無法說清楚自己某些行為的原因。這無關智慧，只是那份動機還不到能夠轉化為言語的時候，就像混濁的水一樣，必需經過時間的洗禮，才能弄懂水底的沉澱物究竟為何。

將清潔身體與衣服的事情做完後，莫浩然便上街準備採購食物，鬼面少女自然跟隨其身後。

多虧上次在曼薩特城賣掉了魔彈，現在莫浩然手上還有三枚金夸爾。在市場上轉了一圈，莫浩然對於當地物價有了初步的認識，原本他還擔心錢會不夠，現在看來只是杞人憂天。

莫浩然走進一家名叫「銀雀胡椒」的麵包店，店名很奇怪，或許有什麼特別的含義吧。但莫浩然並不是為了店名才進來的，而是因為它是附近最大的一家麵包店。

一走進店裡，濃郁的麵包香味頓時撲面而來，讓人有一種光聞味道就能產生飽足感的錯覺。

「歡迎光臨銀雀胡椒！」

只見一位體態輕盈的可愛少女站在櫃檯後方，一邊忙著幫客人結帳，一邊不忘對新來的客人打招呼。雖是異世界，但在待客之道上卻頗有現代地球服務業的風格。

莫浩然在店裡逛了一圈，發現這裡的麵包與地球的樣式大同小異。精緻度上面當然沒法比，但口味基本上差不多。莫浩然想買那種又大又硬的旅行麵包，但卻找不到，只好詢問女店員，這時女店員剛好幫最後一位客人結完帳。

「旅行麵包？您是指札可拉嗎？」

「抱歉，我不知道它叫什麼名字。」

一般人在吃東西的時候，很少會特地去記菜名的。

「您是指那種可以保存很久、適合長途旅行的麵包嗎？」

「對，就是那種！」

「很抱歉，那種麵包需要特別訂製哦。」

「咦？」

「因為需要用到特殊的材料與作法。請您想想，正常的麵包有可能放上一個月還不會發霉嗎？」

「加防腐劑就好了吧。」

「防腐劑？」

「……不，沒事。」

看來傑洛沒有防腐劑這種東西。

「因為那種麵包製作費時，而且成本不便宜，所以一般的麵包店平時不會做那種麵包，因為根本賣不出去。」

那種又硬又難吃的麵包竟然還是高價品？莫浩然有一種價值觀被顛覆的感覺。

「那如果我想跟你們訂這種麵包的話，要等多久？」

「抱歉，本店沒辦法做札可拉哦。」

女店員露出困擾的微笑。

「能做札可拉的，只有特定的麵包工坊，大部分的專有材料都被它們收購了。另外本城的法律也有規定，一般麵包店不能隨便做札可拉。」

「還有這種事……」

在女店員好心的解說下，莫浩然總算知道旅行麵包是多麼特別的東西。

由於傑洛是一個離開城市就會遭遇無數怪物的世界，在這種危機四伏的環境下，想在野外找東西吃是一件很不容易的事情，一般人若想長途旅行，就必須準備大量易於保存的食物，光是食物跟水，往往就占了行李的一半。

後來有人發明了旅行麵包這種東西，兼具了容易保存與食用方便兩項優點，講究一點的還會加上特殊佐料，進一步加強麵包的美味與營養。更高級一點的，還會摻入藥劑，對於恢復體力、治療傷口與預防疾病有顯著功效。

旅行麵包的保質期一般說來大約是兩個月，要是經過特殊處理，甚至可以長達半年。旅行麵包的發明，對於長途旅行的食物問題有了極大改善，同時也提高長途運輸的效率。

在地球，拿破崙為了解決行軍途中食物腐敗的問題，不惜開出高額懸賞，最後由一名廚師研發出罐頭的雛形。

在傑洛，解決問題的思路則是朝另一種方向發展，這並不代表傑洛的技術力比較落後，純粹是環境問題，畢竟地球可沒有那種只要加一點就能大幅延長保存期限的魔力變異食材。或許再過幾年，傑洛也會有人發明出類似罐頭的東西吧。

「原來是這樣……」

聽完女店員的介紹，莫浩然總算了解旅行麵包是多麼難入手的東西。仔細想想，當初在曼薩特城遇到的那位旅行商人還挺有辦法的，竟然只花一天就買到旅行麵包，雖然是最低等級，但能將這種稀有物弄到手，便足以證明那位旅行商人的手腕。

於是莫浩然向女店員打聽哪裡能買到旅行麵包，女店員說了一個地址，並且很好心的說明該如何走。

為了表示感謝，莫浩然在店裡買了幾片麵包，當作晚餐前的點心。

「你怎麼沒跟我說旅行麵包這麼難買？」

離開「銀雀胡椒」後，莫浩然順便向傑諾抱怨。

「不能怪我，我以前旅行的時候很少吃這種東西。」

傑諾無奈的回答。

「那你都吃什麼？」

「當然是新鮮的肉與蔬菜。」

「什麼！你怎麼做到的？」

「運用空間折疊與時間凍結的魔法就行了。」

莫浩然無言以對。只能說不愧是大法師，連保存食物都能搞得這麼大手筆。

接著莫浩然來到了女店員所說的地址，那是一間外表看起來不像麵包店，反而像是工廠的巨大建築物。三根煙囪冒出裊裊炊煙，還沒靠近就能聞到淡淡的麵包香。

莫浩然向門口警衛告知自己的來意，警衛一臉不耐煩的叫他快滾。

「去去去！這裡的麵包不賣人，小鬼。」

「不會吧，做麵包的竟然不賣麵包？」

「想吃就滾去別的地方買！」

警衛眼神凶惡的盯著莫浩然，彷彿隨時會衝出來趕人的樣子。跟先前那位女店員比起來，這個警衛的態度實在讓人不敢領教，不管問什麼，就只會一個勁兒的要別人滾。

「……傑諾。」

「啊啊，真沒辦法。」

無奈之下，莫浩然拜託傑諾操控元質粒子，放出了些許靈威。警衛的表情頓時大變，臉孔完全失去了血色。

「對、對不起！是小人不對！小人不知道您是貴族，才會這麼失禮！請您原諒我！」

警衛的反應比莫浩然預想的更加激烈，竟然當場直接跪下了。

「喂！喂喂！太誇張了吧！快起來！」

「請您原諒！請您原諒！」

警衛只是一直跪在地上，不斷重複同一句話。直到莫浩然保證不會對他怎麼樣之後，這名警衛才滿身大汗的站起來。

由於這陣子一直沒有進城接觸人群，莫浩然已經忘了，貴族頭銜對平民來說是多麼具有威懾力。只要有正當理由，貴族可以不經審判直接斬殺平民，莫浩然完全可以用侮辱貴族為藉口，將這名警衛就地格殺，難怪這名警衛會如此惶恐。

因為死裡逃生的緣故，警衛用顫抖的聲音，把自己所知道的事情全部說了出來，聽完之後，莫浩然總算知道為什麼這裡的麵包不賣人。

簡單說來，就是因為合約的關係。

像這種專門製作旅行麵包的工坊，只會將產品提供給特定客戶。一旦違約便會受到重罰。一般人對旅行麵包沒興趣，只有經常長途旅行的商人與軍隊才會大量採購。

當然，管制再嚴格的東西，只要有錢有關係還是能買到，就連魔彈這種軍用管制品也會流入黑市了，何況是小小的旅行麵包？但受限於原料難以取得，能夠私下流出的數量自然有限。這間麵包工坊未來一個月的走私份額早就被其他人瓜分掉了。

「有沒有搞錯？買個麵包都這麼麻煩！」

莫浩然生出一股「乾脆放棄算了」的念頭，但回頭仔細一算，要是少了旅行麵包這種方便的東西，同樣的路程至少要準備兩倍的食物。

錢本身不是問題，問題在於保存。就算買了兩倍分量的食物，保質期也不會跟著變成兩倍。換言之，為了確保飲食無虞，莫浩然必須放棄直線前進的方針，改以繞路的方式到各個城市尋求補給。

如此一來，抵達囚禁傑諾的地方不知道要多花多少時間。與其這樣，還不如現在就弄懂入手旅行麵包的方法，日後可以省掉不少麻煩。

只是該如何弄到旅行麵包？關於這點警衛完全幫不上忙。不是不肯說，而是不知道。說穿了，這個警衛也只是一個拿著微薄工資守門的小人物，不可能知道更深層次的消息。

就在莫浩然心想要不要直接找這間麵包工坊的主事者時，傑諾開口了。

「不用找工坊主人了，既然所有的札可拉都已經被瓜分，就算找他也沒用，哪怕你是貴族也一樣。」

彷彿看穿了莫浩然的想法，傑諾如此說道。

「工坊主人不怕貴族？」

「當然不怕，這間工坊的背後必然站著貴族。至於瓜分貨物的那些買家，恐怕就是貴族吧，至少也是有貴族撐腰的勢力。」

「你怎麼知道？」

「因為一般人不會買啊。那個警衛不是說了，只有商人與軍隊才會大量購買札可拉，軍隊就不用說了，大商人的背後都有貴族勢力。敢跟貴族做生意的，就只有貴族而已。」

一般平民要是敢跟貴族做生意，依照傑洛魔力至上的傳統，平民絕對會連皮帶骨被吞下去，連渣都不剩。

既然無法從源頭入手，莫浩然只好回到市場，像在曼薩特城那次一樣委託旅行商人幫忙。他跑了好幾條街，卻找不到任何一個旅行商人。

「沒什麼好奇怪的。旅行商人不是人人都能當的，有時可以見到好幾個，有時一個也見不到，這很正常。」

旅行商人雖然偶爾也會跟人結伴同行，但大多數時間都是獨自行動。買賣稀有商品是他們的維生手段，行蹤飄忽不定是他們的最大特徵。

「那怎麼辦？就這麼放棄嗎？還是要用搶的？」

亮出桃樂絲的身分，然後轟轟烈烈的幹一票麵包搶案……光是想像那樣的畫面，莫浩然就覺得全身無力。

「不，我想應該還有其他的方法。」

「什麼方法？」

接著，傑諾說出了莫浩然首次聽聞的專有名詞。

「魔協。」

※◆※◆※◆※

魔協只是一個簡稱，它的全名其實叫做「魔法師交流互助協會」。

乍聽之下似乎是一個只准魔法師加入的偉大組織，但其實魔協招收會員的標準並沒那麼高。只要是身具魔力、日後有可能成為魔法師的人，都能夠成為其中一員。那麼「成為魔法師的可能性」要有多高才能加入魔協呢？因為會規沒有明訂，所以從零到百分之百都無所謂。

換句話說，只要你有魔力，就能夠加入魔協。

魔協的歷史與雷莫建國的歷史一樣古老，成立緣由已不可考。有人說最初魔協確實只有魔法師能加入，但後來高層為了提攜後輩，才會特地放寬標準。也有人說魔協是高階貴族的恩賜，為了讓生活貧苦的下級貴族改善生活而特別成立的。理由有很多，端看自己想要相信哪一個。

魔協的主要目的只有一個——協助解決魔法師的難題。

人生在世，總不可能永遠順遂。不管是魔法師，還是立志成為魔法師的人，生活中免不了遇到大大小小的麻煩。當這些麻煩他們無法自行處理，或是沒時間處理，或是不方便親自處理時，就輪到魔協上場。

魔協總部位於巴爾汀，分部遍及全雷莫所有城市，茲納魯提城自然也包括在內。因為好歹也是貴族出入的場所，所以魔協通常座落於內城區。

按照老方法，莫浩然一對城門警衛放出靈威，便毫無困難的進入了內城區，然後很快就找到了魔協。

內城區是貴族與富人的居住區域，這裡的房屋與公共設施比起外城區更加富麗堂皇。在諸多華美精緻的房屋裡，魔協的存在顯得有些不起眼——低調的灰色石砌建築，建築外牆上刻著述說魔法師偉大歷史的浮雕，乍看之下有點像地球文藝復興時期蓋的大教堂。

魔協的門口也有警衛，但穿的並不是軍裝，代表這裡並非官方組織。不過魔協警衛的裝備明顯比城門警衛更加高級，神色也更加跋扈。畢竟是成員清一色貴族的組織，擁有這樣的排場不算奇怪。

莫浩然還是一樣，釋放靈威就混進去了。每次都用這招矇混過關，莫浩然在感嘆對方實在太沒戒心之餘，也對魔法師的身分之崇高有了進一步的認識。只要成為魔法師，在雷莫基本上可以橫行無阻。

魔協的外觀莊嚴肅穆，但一進到裡面，那種沉悶壓抑的印象立刻就被打破了。從大門望進去，最裡面是一整列有如地球公務員接待窗口般的櫃檯，左側牆壁是酒吧吧檯，右側牆壁是一整面的布告欄。中間區域擺滿了桌椅，許多人坐在那邊聊天喝酒。雖然不像酒店那樣喧鬧，卻也散發出一種奇妙的活力。

莫浩然好奇的打量四周，不少人也同樣在打量著他。

衣著低俗的少年，後面還跟著一個戴著鬼面具的女軍人，這樣的組合說怪異也確實怪異。

如果是外城區的酒店，這時大概會冒出一、兩個喜歡捉弄人的老酒客出言譏諷兩人，藉此取樂與突顯自己吧？但這裡可是魔協，能進到這裡的都是身具魔力的貴族。貴族有貴族的矜持，他們不會做出像凡人一樣的事，那只會拉低自己的格調，連帶讓其他貴族看不起自己。因此他們就算想要嘲笑莫浩然，用的也不是言語，而是目光。

「您好，請問有什麼我能幫忙的嗎？」

一道悅耳的聲音從旁傳來，打斷了莫浩然的觀察。

莫浩然轉頭一看，說話的是一名看起來與他年紀差不多的少女。少女身穿深紅色制服，有著一頭淡褐色短髮與砂色眼眸，面帶淺笑，態度溫和。胸口別著一塊小小的金屬牌，莫浩然看不懂傑洛的文字，但想來應該是名牌或工作證之類的東西。

「啊，沒有，我是第一次來，所以想先看一下。」

「原來如此。需要我為您介紹一下嗎？」

雖然有傑諾在，但要是在這種人來人往的地方與他交談，恐怕會被當成神經病吧？為了不被誤會，莫浩然對少女點了點頭。

「如您所見，最後面是服務櫃檯。凡是有關委託的事務，都可以在那裡進行處理。」

少女指了指位於最內側牆壁的櫃檯。

「那邊是商店。雖然看起來像酒吧，但其實賣得不只有酒，只是因為大家來到這裡，最常做的事情就是點上一杯，所以上面決定乾脆把外表弄成酒吧的樣子。」

少女指了指左側牆壁的吧檯。

「那邊是委託公布區。您可以在那裡查詢本協會所有的委託事項，如果有想要接下的，請記住委託的號碼，然後到服務櫃檯登記即可。」

少女指了指右側牆壁的布告欄。

「另外，我們會依照委託事項的難易程度進行分級。請看，公布欄上面的委託布告是不是有五種顏色？這就是我們的分級標準。最低難度是綠色，再來是藍色，然後是黃色，接著是紅色，最後是黑色。除了黑色是跨城委託以外，其他顏色都是本城委託。」

「跨城委託？」

「就是來自其他城市的委託。比如說，某某城市缺少某種物品，因此發布委託請人帶過去。要穿過野外，遇上怪物是必然的事，而且絕對不只一、兩隻，危險性也就提高很多。因為如此，跨城委託大部分都是黑色級別。」

「哦……」

莫浩然看了一下。危險級別越高的委託，布告數量也越多。

莫浩然一開始還有些疑惑，後來想了一想也就明白了。越簡單的委託越容易被解決，大家都搶著去做，數量當然就少了。像黑色級別這種完全是在賭命的東西，自然沒多少人會想去幹。

「不過，因為每座城市的貴族平均實力不一定相同，所以危險級別的劃分也就不夠客觀了。可以請問您的爵位是哪一級嗎？我可以幫您介紹一下您可以接受的委託級別。」

「每座城市的貴族平均實力都不一樣？」

莫浩然有些驚訝。少女聞言先是愣了一下，然後體諒似的點了點頭。

「看來您是新晉的貴族吧？難怪會不清楚。像首都巴爾汀，那裡出沒的貴族以伯爵級居多，而我們這裡則是勳爵級。所以本城的紅色級別，在巴爾汀那邊可能只是藍色，甚至是最低的綠色級別。所以在接受委託前，您最好先去櫃檯詢問該城市的貴族平均實力，不要只看危險級別就接受委託，那樣很容易吃虧。」

「原來是這樣啊……」

經過少女的講解，莫浩然大概了解魔協究竟是什麼樣的東西了。那就像是電玩遊戲裡面的任務發布系統一樣，接受並完成任務，就能得到委託人的獎勵，相對的，也可以自己準備獎勵發布任務。

沒想到在異世界竟然能夠見到這套系統，讓莫浩然有一種自己置身於二次元世界的錯覺。

「本城的貴族平均實力是勛爵級，因此藍色級別大部分都是勛爵級。請問您的爵位是哪一級呢？」

按照少女的說法，套用在遊戲難度上面的話，綠色就是EASY（容易），藍色是NORMAL（普通），黃色是HARD（困難），紅色是EX-HARD（極難），黑色是……HELL（地獄）了吧？莫浩然心想。

至於自己究竟算哪一級呢？

傑諾總是自稱大法師，卻從來沒說過他算哪一級別的魔法師。不過自己又不是要來接委託，而是發布委託的，不論哪一級其實都無所謂。

「我是勛爵。」

對於自己的臨時級別，莫浩然決定按照這座城市的平均水準就好。

此話一出，那些原本坐在中間大廳輕視莫浩然的貴族們，有一大半人的眼神立刻變了。因為這些人只是騎士——魔力領域未能達到魔法師標準，也就是半徑三公尺，所以無法使用魔法，只能使用魔導武器的最下位貴族。

魔法師的世界就像是一座金字塔，越往高層席次越少。茲納魯提城的平均水準是勛爵級，代表會在魔協大廳出沒的，最高不會超過勛爵。這是因為更高階的貴族早就占據了該城市的重要職務，他們擁有相當的地位與財富，根本沒必要在這種地方拋頭露面。高位貴族所擔任的角色是委託發布者，而非委託接受者。

「請問是一等勛還是二等勛呢？」

少女的神色變得有些恭敬，她也是貴族，但只是騎士而已。

「一等。」莫浩然隨口說道。

於是大廳又有另一半的人臉色不對勁了，因為他們只是二等勛。

「那我想您可以試著挑戰黃色級別以下的所有委託了。」

少女的態度更恭敬了。沒辦法，她只是騎士。

「如果我想發布委託的話，只要去櫃檯登記就好了嗎？」

「是的。只要用黑牌就能登記了，請問您有帶嗎？」

莫浩然聞言不禁一愣。他怎麼可能會有異世界的身分證！

少女似乎誤會了莫浩然呆愣的理由，她以為對方是新晉貴族，也是第一次來魔協，忘記帶東西也很正常。

事實上，除了旅行者，平時沒人會將黑牌這種東西隨便帶在身上。

「呃、唔，那我先隨便看看就好……謝謝妳的講解。」

「不客氣，很榮幸能為您服務。」

少女微微鞠躬，然後便離開了。莫浩然走到布告欄前，一邊裝作在查看委託的樣子，一邊低聲詢問傑諾。

「喂！怎麼還要黑牌啊！我哪來的黑牌？」

「放心，你沒有黑牌，但是有錢。」

傑諾的聲音聽起來一點也不擔心，彷彿這件事早在他預料之中。

「就算沒有黑牌，也可以發布委託。只要你能證明自己是魔法師，並且付押金就可以了。」

魔協的規定並沒有那麼死板，畢竟是只有貴族才能參與的組織，當然瞭解貴族們的習性一向是喜愛特權、藐視法則。要是什麼事都一定得照規矩來，魔協也不可能做到分部遍及全雷莫的程度。

只要付出高額押金，就能略過檢查黑牌的程序，日後拿黑牌回來補登便能取回押金。這種方法乍聽之下似乎挺有人情味，但其實是變相為地下勢力開了一扇大大的後門。

用押金取代黑牌，意味著就算是犯罪者，只要有充足的金錢，就能夠透過魔協獲得各式各樣的物資，也能夠透過魔協進行洗錢、走私、贓物買賣，甚至是違禁品交易。

「就算是異世界，果然也免不了這種事嗎……」

莫浩然有一種自己回到了黑道夜總會的感覺，自己似乎跟這種遊走於灰色地帶的生意特別有緣。

知道可以不用檢查黑牌，莫浩然便徹底放心了。心情一旦輕鬆，好奇心自然也就從冬眠的洞穴裡爬了出來，他對於貴族們究竟會發布什麼樣的委託頗有興趣，因為看不懂傑洛的文字，所以便要求傑諾幫他翻譯。

傑諾也沒有拒絕，隨便翻譯了幾個委託給莫浩然聽。

「收購蛛紋珍石十顆。時限三十天。報酬一銀夸爾。」

「收購紅斑金晨草一株。時限無。報酬一株十夸爾特。」

「出售優質魔導武器（劍型）。時限十一天。價格面議。」

「出售鐵星勛章。時限一百天。價格一銀夸爾。」

這是很常見的普通買賣委託。

「徵求良師教授穿弓之型精義。時限無。報酬十銀夸爾。」

「出售虹輪流劍術書第二、第五、第七卷。時限七十天。價格三十七銀夸爾。」

「徵求魔法練習對手（不負死亡責任）。時限無。報酬一金夸爾。」

「交換鷹弓術全卷。時限五天。報酬炫星流刀術。」

這是更高階的委託，價格也跟著大幅飆升。不僅牽涉到戰鬥技術，甚至連打死不負責這種話都說出來了。

「徵求戀愛專家（男性），會寫詩彈琴尤佳。時限面議。報酬面議。」

「撲殺害蟲。時限三天。報酬十銀夸爾。」

「徵求杜蘭夫犬配種（母）。時限無。報酬面議。」

「逮捕負心漢古雅．克拉倫特。時限無。報酬一金夸爾。」

這是較為怪異的委託。莫浩然完全無法理解為什麼會出現這種委託，抓捕愛情騙子什麼的就算了，殺蟲跟配種又是怎麼回事？這些事真的有困難到必須公開委託嗎？

「咦？這個委託你可以接哦。」

就在莫浩然思索這座城市的貴族究竟有多奇葩時，傑諾突然說道。

「什麼委託？」

「修復武器，報酬二十銀夸爾。你不是已經學會修復之型了？去試試看吧。」

「可以是可以……不過我們不是要趕路嗎？把時間浪費在這裡好嗎？」

「又不是你今天放出委託，明天就一定會有人接下委託。趁空閒時間賺點外快，以免到時缺錢。」

「我們身上的錢應該很夠用吧？」

莫浩然手上可是有三枚金夸爾，還有許多銀夸爾與夸爾特。根據先前觀察到的物價，只要不是特別浪費，這筆錢足以讓他花上四、五年。

「哼哼，等你發布委託的時候就知道了。」

傑諾的口氣聽起來有些不祥。

等到莫浩然前往服務櫃檯後，終於了解為什麼傑諾會說那種話。

按照魔協的規定，難度越高的委託，收取的押金也越高。像收購旅行麵包這種小事無疑是最簡單的綠色級別，但光這樣就要收取三銀夸爾的押金！修復武器的委託是藍色，押金是六銀夸爾。

莫浩然沒有黑牌，換言之，這九枚銀夸爾是絕對回不來了。這種規避身分證明的黑色交易實在貴得可以，再多來個幾次，莫浩然鐵定破產。

就這樣，莫浩然以「傑克．史萊姆」這個假名發布了收購旅行麵包的委託，並且接下了修復古物的委託。在掏出銀夸爾時，他深刻體悟到就算在異世界，錢也是很重要的東西。

正如傑諾所言，魔協委託這種事，並不是你今天發布了，明天就一定會有人接下來。

為了保護委託人與承接人，魔協事前不會透露雙方的相關資料與聯絡方式，一切的會面事宜皆由魔協安排。如果有需求，魔協也可以提供隱密場所讓雙方見面。

由於直到交易雙方正式見面前，所有的事情都要透過魔協，難免會產生時間上的誤差。例如今天有人承接一項委託，魔協卻因文書作業之類的問題，拖了兩天才聯絡上委託人，又因為人手不足的問題，遲了一天才通知承接人，這一來一往就白白浪費了三天。

一直到第三天早上，魔協的人才來到「花與風」，通知莫浩然有關修復委託的事情。對方要求在魔協見面並完成修復作業。

不得不說魔協的效率實在有點糟糕，因為對方提出的會面時間竟然是在十分鐘之後。正常人才不會做出這種無理要求，恐怕是對方昨天就提出要求，結果魔協拖到今天才通知莫浩然。

莫浩然連忙衝出旅館，甚至動用了瞬空之型，總算在最後一分鐘趕到魔協。

會面地點是魔協二樓的包廂，莫浩然在上樓之前，順便跟服務櫃檯確認了一下，他的收購委託目前無人承接。

魔協的二、三樓是專用提供給交易雙方會面的場所，二樓是一般區，三樓是高級區，所有委託的會面場所都是在二樓，但只要付錢就可以改到三樓。不論一般區或高級區，包廂的隔音性都同樣嚴密，差別只在於裝潢的豪華程度。

莫浩然與鬼面少女進入房間，此時已經有人先坐在裡面了。那是一個穿著襯衫，長相凶猛，雙頰有疤，體格強壯，只差沒在臉上寫著「身經百戰」的男人。

一進門就見到造型如此剽悍的傢伙，莫浩然不由得為之一愣，要是在地球，這張臉不去混黑道簡直就是一種浪費，這種體格、這種長相，根本就是標準的流氓模版！

傷疤男見到莫浩然與鬼面少女後也是愣了一下，然後從椅子上站了起來迎接兩人。

「你們好。我叫霍克．阿普列。自由騎士。」

傷疤男用與其長相完全截然相反的溫和態度報上姓名，莫浩然也學他一樣自我介紹

「你好。我叫……傑克．史萊姆。一級勛爵。」

果然是魔法師，阿普列暗暗點頭。他一看到身後的鬼面少女，便猜測莫浩然的爵位至少也是勛爵。

雷莫法律規定，魔法師有招收騎士作為隨從的權力，這一類的騎士被稱為「榮譽騎士」，像他這樣無人招收，只能在軍隊服役的騎士則叫做「自由騎士」。阿普列以為鬼

面少女就是莫浩然的榮譽騎士。

理論上，榮譽騎士與自由騎士的地位沒有差別，但大部分的騎士都希望成為榮譽騎士。成為榮譽騎士有無數的好處，不僅一切吃穿用度都由該貴族負責，還可以免除勞役與稅金。如果遇上慷慨的貴族，甚至可以得到指點，提升魔力領域，擺脫騎士身分，成為一名真正的魔法師。

等阿普列見到莫浩然坐下，鬼面少女仍然站在後面，他更加相信自己的猜測了。鬼面少女肯定是眼前這位年輕勛爵的榮譽騎士沒錯，搞不好還兼任晚上的情人身分呢！

「要讓您修理的就是這個。」

阿普列拿起放在椅腳邊的長劍，然後將它拔了出來。

那是一把漂亮的長劍，劍柄與劍鍔的造型頗為講究，劍身刻有花紋。遺憾的是，劍上的黑色裂痕破壞了整體的美感。

「這是我的好伙伴，波爾特二型。當初為了它，我足足花了一金夸爾。」

阿普列撫摸劍上的裂痕，滿是感慨的說道。

騎士不是魔法師，他們空有魔力但用不了魔法。想提升實力，除了必須磨鍊自身技藝，最重要的一點就是裝備，也就是魔導武器。

騎士的數量遠大於魔法師，如果說軍隊的尖端戰力是魔法師，那麼主要戰力就是騎士了。為了強化軍隊戰力，任何一個國家都不會忘記在魔導武器的研發上投入大量經費。

但魔導武器非常昂貴，就算是軍隊，也無法做到每個騎士人手一把。一般說來，騎士進入軍隊後只能領到最普通的波爾特一型，如果想要更新更好的魔導武器，要嘛用軍功來換，要嘛就自己掏錢。

阿普列的波爾特二型就是自己掏錢買的，他省吃儉用了一年，好不容易才狠下心換了一把新的魔導武器，卻在不久前的戰鬥中損毀，讓他心痛得要命。

一般武器要是鈍了或壞了，只要回爐重新打造一番就好，但魔導武器要是壞掉，就非得送去專門工廠維修不可，維修費通常只比重新買把新的少一點而已。

性價比最高的方法，就是用修復之型將其修復。但是，能學會修復之型的魔法師並不多。阿普列只好試著在魔協掛委託碰運氣，畢竟茲納魯提城懂得修復之型的魔法師沒幾個。

粒子。

「拜託您了。」

阿普列雙手捧劍，一臉慎重的將它交給莫浩然。

莫浩然接過長劍，然後閉上雙眼，集中精神，很快就看見了存在於長劍內部的元質粒子。

想用修復之型修復物體，必須滿足數個前提，其中之一就是物體部件不能有缺損。修復之型不能無中生有，沒辦法把已經失去的東西憑空變回來。阿普列的長劍滿是裂痕，有些裂痕甚至已經變成缺口，如果沒有用來填補的材料，這些缺口是沒辦法修復的，莫浩然只能將一般的裂痕修好。

運用元質粒子化為拉鍊的手法，那些裂痕很快就消失了。

但，這也只是修復了外表而已。

魔導武器的特徵一共有兩點。首先是材質，必須用兼具高魔力傳導度與高硬度的金屬作為武器本體。其次是武器內部的元質粒子紋陣，將元質粒子進行特殊排列，就能賦予武器強大的威力。

莫浩然接下來要修復的，便是長劍的元質粒子紋陣。

紋陣的排列有些地方已經被破壞了，看不出原來的排列模式，除非手邊有設計圖，或是另外一把一模一樣的長劍作參考，否則無法修復紋陣。莫浩然當然不可能有這兩個東西，但他有大法師。

「把左邊的元質粒子連結起來，然後做一條比較短的粒子線，把右邊的……白痴，你接錯邊了！不是那邊，更左邊一點！中間數起來第三條的那個！好，接上去！」

傑諾在莫浩然的腦袋裡指導，告訴他該怎麼做才對。雖然麻煩了一點，但總算將紋陣全部修復完畢。

「好了。」

莫浩然睜開雙眼吐出一口長氣，然後便見到阿普列焦急的臉孔。原來在不知不覺間，已經過了將近四十分鐘。

之所以會花費這麼多時間，除了修復內部紋陣比修復武器外表更麻煩以外，莫浩然的破爛操魔技術也是一大原因。要是他的操魔技術再好一點，至少可以節省一半的時間。

「因為沒有材料，所以武器上缺口沒辦法補上。不過最重要的核心都有修好，你確認一下吧。」

莫浩然將長劍交給阿普列。阿普列半是緊張半是期待的接過長劍，然後注入魔力。下一秒鐘，劍刃突然轟的一聲冒出銀焰。阿普列立刻露出驚喜的表情。

「修、修好了！真的修好了！我的波爾特二型！哈哈哈哈哈！」

阿普列放聲大笑，然後揮劍空斬。

銀焰在空中劃出一道又一道燃燒般的軌跡，房間雖然狹窄，但阿普列卻能在有限的空間裡輕巧的移動，每一劍都看不出遲滯的跡象。莫浩然雖然不懂劍術，但也看得出阿普列的劍術必然不俗。

莫浩然在驚訝阿普列的身手之餘，也對自己的戰鬥能力失去了信心。

自從上次創造出新的攻擊魔法——雖然名稱未定——莫浩然就覺得自己對上魔法師應該也有一拚之力了，但見到阿普列的劍術後，他相信自己要是跟阿普列打起來，恐怕會慘遭秒殺。

過了好一陣子，阿普列總算停了下來，然後將長劍收回鞘中。

「非常謝謝您，史萊姆先生！修得非常完美！除了外觀，簡直就跟新的一樣！我們這就下去結算委託吧！」

史萊姆先生……這稱呼怎麼聽起來那麼怪呢？早知道就不要惡趣味的取這種假名了，莫浩然暗暗後悔。

※◆※◆※◆※

茲納魯提城的下級貴族之間，吹起了一陣騷動的旋風，而旋風的中心來自於魔協。

「有人承接修復魔導武器的委託！」

這個消息以驚人的速度向外擴散，只用了一天的時間，幾乎整個城市的下級貴族們都知道了這件事。緊接著，大批下級貴族湧入了魔協，布告欄上頓時貼滿了近百張修復武器的委託。

魔導武器是昂貴又精巧的東西，它比一般武器更能大幅提升持有者的戰鬥力，卻也比一般武器更容易毀壞。上級貴族在戰鬥時多以魔法為主，魔導武器只是一種裝飾品。下級貴族則正好相反，魔導武器才是他們最主要的戰鬥手段，因此武器的損毀率極高。

比起一般人，下級貴族的財產自然要來得豐厚許多，但這並不代表他們擁有隨意更換魔導武器的餘力。一把最普通的波爾特一型也要二十銀夸爾，這筆錢足以掏空下級貴族一整年的積蓄。為了購買魔導武器，許多下級貴族往往負債累累，甚至過得比一般人還要潦倒，這絕非笑話，而是事實。

茲納魯提城會用修復之型的魔法師只有寥寥數人，偏偏那些魔法師都是上級貴族，修復武器這種事，在他們眼中既不體面又沒賺頭，所以根本不會去承接。因此茲納魯提城的下級貴族們只能暗自流淚，在存錢、修武器、再存錢、再修武器的循環裡過日子。

不管是回廠修理，或是直接買把新武器，對下級貴族來說都是一件很沉重的負擔。尤其是自由騎士，他們受限於法律，只能在軍隊就職，閒暇時便在魔協接點委託賺外快，由於收入不高，所以大部分的錢全都花在魔導武器上面了。

不只是茲納魯提城，事實上，雷莫大部分城市都是這樣的情況。要想脫離這種為武器而煩惱的生活，最快最有效的辦法就是提升自己的魔力領域，只要當上男爵，對魔導武器的依靠程度就會逐漸減少。反過來說，只要你還沒成為男爵，就很難擺脫為金錢而奔波的窘境。

「簡單的說，人人都有屬於他自己的煩惱，不管是凡人或貴族。」

解釋完後，傑諾用欠缺感性與獨創性的句子作結語。

「簡直就跟房貸族一樣……」

莫浩然感嘆地搖頭。聽了傑諾的說明，他終於能理解為什麼會突然冒出這麼多修復委託了。

「可是，這跟那些瞪著我們的人有什麼關係？」

莫浩然邊說邊看了一下後面。

此時中央大廳坐滿了人，他們一見過莫浩然回頭，立刻撇開視線，假裝在做自己的事。有人拚命吸著空杯子，有人拿著顛倒的報紙，有人研究桌子的紋路，看了真想讓人對他們大吼一聲：尼瑪的專業點行不行？

「因為他們在等你接委託吧。」

「等我接委託？」

「是啊。等你接了委託，到櫃檯登記之後，他們也會立刻衝去櫃檯，查詢是不是自己的委託被你承接了。是的話，就會當場請你去二樓吧。」

「幹嘛這麼麻煩？」

莫浩然實在搞不懂後面這些人的行動原理。

「為什麼一定要等我接了委託再找我？看他們的樣子，明明就知道我是誰吧？那直接來找我不就好了？這樣我還可以省一筆押金咧。」

每接一次委託，莫浩然就要被魔協收一次押金，他實在很不想付這筆錢。如果能跳過魔協，直接與後面那些人做交易，省下來的金額可是非常可觀的。

「你以為魔協是為什麼成立的？只有彼此熟識的貴族才會這麼做，你是外地人，誰知道交易時會不會做手腳。」

魔協所提供的不僅僅是一個交易平臺，它還提供了交易者交易時最重要的東西——履約保證。

交易時最怕的，就是對方居心不良，用各種手法侵吞財物。就算告上法院，也要經過漫長的審判，恐嚇威脅、賄賂收買、栽贓暗殺，各種手段都有可能出現。如果交易雙方的地位不平等，很容易出現以大吃小的情況。

但如果透過魔協交易，委託人必須先將報酬抵押給魔協，承接人也只能在魔協領取報酬，如果交易過程中出現任何紛爭，魔協也會出面處理。一言以蔽之，就是魔協承擔了全部的交易風險。

上級貴族或許不屑這種保障，但下級貴族可是十分渴求的。像魔導武器這種高價品，不透過魔協他們根本不敢交易，要是發生什麼意外，至少他們還可以找魔協賠償。

「原來是第三方支付。」

莫浩然理解的點了點頭。

「什麼支付？」

「沒事。不過，這堆委託總不能全接吧？數量太多了。」

「有何不可？除了賺旅費，還可以順便鍛鍊你的操魔技術。在我們的委託還沒被人承接之前，慢慢做吧。」

莫浩然看了看布告欄，然後嘆了一口氣。他先挑了十份報酬比較高的委託，既然要做，當然先挑能賺比較多的。等莫浩然到櫃檯登記完後，原本坐在大廳裡面的那些人果然如傑諾所言全部站了起來，接著氣勢洶洶的衝向櫃檯，那畫面讓莫浩然聯想到歐巴桑在菜市場瘋搶特價品。

「是我的委託！是我的！」

「該死！沒被接到！」

「他媽的，差了一號！」

「中了！中了啊！哈哈哈哈哈！」

歡呼聲與慘叫聲此起彼落，那畫面讓莫浩然聯想到彩券開獎。

「史萊姆先生！我是二一四四號！請跟我登記上二樓！」

「不，我先！」

「插什麼隊！你這混蛋！欠揍啊！」

「媽的，想打架？」

中選的十個人包圍了莫浩然，他們彼此互瞪，一副隨時準備開打的樣子，那畫面讓莫浩然聯想到一群青春期少年為了少女而爭風吃醋。

「有夠蠢的……」

莫浩然看著眼前這一幕，冷冷的吐出感想。

「非常感謝！您辛苦了！」

一名長著落腮鬍的壯漢放聲大吼，聲波在狹小的房間裡來回反射，讓莫浩然感到一陣耳鳴。

「不、不用客氣。」

「千萬別這麼說！因為您的援手，我的愛劍『雷霆滅獸之牙』才得以重生！從今以後它又能跟我一起繼續斬殺怪物，為保護城市和平而努力了！」

落腮鬍壯漢激動的大喊，並且不斷用臉頰摩擦自己的愛劍。那把有著「雷霆滅獸之牙」如此霸氣名字的武器，事實上只是尋常的波爾特一型而已，只能說就算是大叔，心中也是存在著中二魂這種東西。

「知道了、知道了，我們下去結算吧。」

「沒問題！」

莫浩然與落腮鬍壯漢離開房間，回到魔協一樓的服務櫃檯，在做完委託結算的登記後，櫃檯小姐便將落腮鬍壯漢預先存放的報酬交給莫浩然，然後把落腮鬍壯漢放在布告欄上的委託撤下，如此一來，這份委託便正式宣告結束。

落腮鬍壯漢一臉興奮的離開魔協，但莫浩然並沒有立刻離開。連同剛才的落腮鬍壯漢在內，莫浩然今天又完成了十件委託，此時的他感到精神有些疲憊，所以打算先在中央大廳休息一下。

今天是落春之月十日，莫浩然是在三日時來到茲納魯提城的，至今已經是第七天了。原本打算等到旅行麵包就立刻離開，沒想到他的委託竟然遲遲無人承接，至今依然高掛在布告欄上。

莫浩然當然不可能就這樣一直白等下去。

要是到明天還沒人接委託，就直接離開茲納魯提好了。就算在這裡買不到旅行麵包，下一座城市總該會有吧？

「哎，就這麼決定了。要是明天還弄不到旅行麵包，就直接走人。」

「……也好。再待下去也不是辦法。」

傑諾也同樣支持莫浩然的決定。

下定決心後，莫浩然心情頓時變得輕鬆起來，想說乾脆在這裡吃點東西再回去。魔協什麼都有賣，但價格卻比外面貴上兩成，據說這是「基於貴族的尊嚴」，就像在地球，同樣一杯現榨果汁，飯店餐廳的價格硬是要比路邊攤販貴上一倍，如此才能突顯它們的尊貴不凡。莫浩然先前都是特地跑到外城區吃飯，想說偶爾試一下魔協的餐點也好。

莫浩然點了一份套餐，他才剛將菜單交給侍者，旁邊就突然傳來一道聲音。

「原來是史萊姆先生！真是巧遇！」

莫浩然轉頭一看，打招呼的是一位疤面男。

這個疤面男正是阿普列，第一個讓莫浩然修理魔導武器的人。

「不介意的話，能跟您坐同一桌嗎？」

中央大廳還有其他空桌，阿普列會提出這種要求，顯然是打著跟莫浩然拉近關係的主意。莫浩然無所謂的點點頭，阿普列高興的拉開椅子坐下。

「這位小姐是您的榮譽騎士吧？在下名叫霍克．阿普列，敢問貴姓？」

阿普列對坐在一旁的鬼面少女伸出右手。

當然，鬼面少女毫無反應……

「啊，那個，抱歉，不用理她。她不太喜歡跟陌生人講話。」

莫浩然急忙出來打圓場，化解尷尬的氣氛。阿普列似乎不是個容易記恨的人，只是哈哈笑了兩聲。

「哎，請容我再道謝一次。史萊姆先生的修復之型實在高明，前天討伐怪物的時候，我的劍用起來非常順手。那天碰上的可是大傢伙，那把劍要是還像以前一樣，我恐怕就死定了。」

「沒那麼誇張吧。」

「不，是真的。以前因為受損，我的劍只能發揮出七成的威力。為了彌補那三成，想幹掉怪物就必須多砍幾次。每一次貼身都是在搏命吶，昨天我的隊伍死了一個人，他就是因為武器破損，攻擊力不夠，結果被怪物臨死反撲，腦袋被一口咬掉。」

阿普列神色哀戚的述說著昨天的慘痛經歷。

城市駐軍的主要任務，就是維持城市外圍警戒區的和平，一旦發現怪物，就立刻將其殺死或驅離。由於一般人根本不是怪物的對手，因此戰鬥的主力便落到像阿普列這樣的自由騎士頭上。

至於魔法師？

抱歉，等到騎士撐不住了再說。

「不過也因為昨天那一戰，我的劍好像又出了點問題。今天過來就是想委託您修理的。那個，聽說您一天只接十件委託？今天的份已經接完了嗎？」阿普列試探的問道。

「接完了。不過你可以先去登記，然後告訴我號碼，明天我先接你的委託。」

「太好了！謝謝！」

阿普列激動得差點站起來。魔導武器是騎士的第二生命，而騎士的戰鬥頻率又是奇高無比，能越早修復魔導武器，活命的機會也就越高。

對莫浩然而言，修理武器只是一件普通的交易，但站在騎士們的角度，這可是攸關生死的大事。

也因為攸關生死，騎士們雖然渴望早點得到修理武器的機會，卻也只是乖乖排隊等待。要是惹得莫浩然在修理時暗中做手腳，那可是會死人的。

「我後天就會離開這裡哦。」

當莫浩然說出這句話時，阿普列的欣喜就像是被風吹跑似的，表情頓時垮了下來。

「您、您要走了？這麼快？」

「嗯。」

「這個，史萊姆先生，其實本城還是不錯的，多留下來幾天逛逛也好啊。您一直待在旅館裡面，怎麼能領會這座城市的美麗呢？這樣好了，要不要我當您的嚮導？有些地方不去看過一遍的話，真的是很可惜喲！」

阿普列急忙勸說莫浩然繼續留在茲納魯提城，但他在勸說過程中，卻不經意的透露了一件事，那就是「他知道傑克．史萊姆這陣子的行蹤」。由此可知，雖然下級貴族們沒有當面騷擾莫浩然，卻也一直暗中注意他的動向。

「我還有其他事要做，已經在這裡停留太久了。」

莫浩然婉拒了阿普列的請求。開玩笑，他再怎麼說也是一個通緝犯，要是像這樣一直被人盯著，久了露出馬腳該怎麼辦？

每個被莫浩然修好魔導武器的人，都會興奮地當場小露一手，看得他對自己的實力越來越沒信心。

這些人都還只是最基層的騎士而已，要是桃樂絲的身分一曝光，引來的絕對是這座城市的一線戰力，他可不覺得自己有辦法從那些人的圍攻中硬殺出去。

「對了，有件事我想請教你一下。」

莫浩然對著看起來有些洩氣的阿普列問道。

「是的？」

「其實我也有申請一件委託，雖然難度很低，卻一直沒人承接，不知道這是為什麼？」

莫浩然將自己想要買旅行麵包的事情說了出來，這也算不上什麼機密。旅行麵包這種東西根本算不上違禁品，頂多是比較難買而已。

「您想買札可拉嗎？」

沒想到阿普列聽完之後，竟然露出訝異的表情。

「怎麼了嗎？」

「不，沒什麼，只是……」

阿普列的神色有些奇怪，一副欲言又止的樣子。莫浩然立刻察覺到事情似乎不太對勁，對方這樣的表現顯然知道某些消息，而且內容恐怕不簡單。

「這個……其實之前我們有聽到一些風聲。札可拉的供應似乎被某個大人物壟斷了。」阿普列壓低聲音說道。

「壟斷？」

莫浩然覺得有些不可思議。說起壟斷，一般人首先想到的就是貴重金屬或原物料什麼的，壟斷旅行麵包幹什麼？這種東西又不是很值錢。雖說原料不常見，但利潤也不至於高到那種地步吧？

「我們也覺得奇怪。我們出去巡邏的時候，都會發下札可拉作為乾糧，但從上個月開始，札可拉的供應突然停止了，改成一般的黑麵包。我們雖然有向上面抗議，但沒有用。後來一查，城裡的札可拉都被買走了。」

「是誰那麼無聊啊？買那麼多札可拉要幹嘛？」

「這我就不知道了。」

阿普列所掌握的情報也僅止於此。

畢竟他只是一個自由騎士，最下位的貴族，能夠接觸到的秘密極為有限。就在這時，侍者將莫浩然的餐點送了上來，阿普列也藉機告辭。

「怎麼辦？如果剛才叫阿普列的沒弄錯，恐怕我們那份委託永遠也不會有人接了。買不到旅行麵包，再待下去也沒意義。」

莫浩然尋求傑諾的意見。

「啊啊，沒錯。想不到竟然會出現這種意外，札可拉這種東西，很少有人會大量收購，除非……」

「除非什麼？」

「突發性的長途旅行，例如大商會接到臨時訂單，需要大批人手運送貨物到其他城市，再不然就是戰爭即將爆發，所以收購札可拉以作為戰備存糧。但是竟然短缺了整整一個月，這有點不尋常……」

「算了，不管是哪一種，我們都鐵定買不到。」

「也對。看來只好根據食物的保存期限，重新擬定路線了。」

莫浩然搔了搔頭。這場名為拯救大法師的旅行，目前看來有越拖越長的趨勢。希望不要再冒出什麼意外才好啊……莫浩然一邊祈禱，一邊將桌上的莓果蛋糕推向對面。

鬼面少女低頭看著眼前的莓果蛋糕，身體一動也不動。

「幫妳點的。」

鬼面少女抬起頭來。因為面具的關係，莫浩然看不出此時的少女是什麼表情，只知道對方的視線令他覺得刺痛，而且還散發出一股微妙的氣勢。

「……那個，不要的話就算了。」

莫浩然話才剛說完，鬼面少女就打開面具的機關，將面具下半部翻開，然後開始吃起蛋糕。

原來那玩意兒還可以打開啊？看著鬼面少女進食的模樣，莫浩然腦中卻不自覺的想著像是面具機關這一類的無聊事。

「修好了。」

莫浩然睜開眼睛，對端坐在眼前的阿普列說道。

這是今天的第十個人，也是最後一個。由於今天下午就要離開，阿普列等於是莫浩然在茲納魯提城的最後一個委託人。

「謝謝您。」

阿普列接過長劍。這把波爾特二型比前幾天見到時多了幾個缺口，可以想像得到，阿普列用這把劍度過了多麼激烈的戰鬥。如果有材料的話，莫浩然可以試著把缺口補起來，但阿普列沒有多餘的錢。

事實上，在莫浩然承接的三十份委託裡，會另外買材料進行修復的騎士只有一人。並非其他騎士不想將武器修復得更完美，而是因為買不起材料，由此可知魔導武器是多麼燒錢的東西。

阿普列像先前一樣當場試劍，銀焰在空中描繪出燦爛的線條。

修了好幾天的魔導武器，莫浩然也多少知道它們到底有什麼功用了。

以阿普列的波爾特二型為例，它能在揮動時發出煌威之型的效果，波爾特一型則是附有剛擊之型的效果。

除此之外，還有內建壁壘之型效果的「摩坎」與內建穿弓之型的「奇肯亞拉」。基本上，魔導武器的內建魔法效果大多是攻擊系與防禦系，少數是輔助系與偵測系，至於移動系則是根本沒有

「呼——」

阿普列試完了劍，然後吐了一口長氣。

「怎樣？有什麼問題嗎？」

「不，魔力的流動非常順暢。真的很謝謝您。」

「道謝什麼的，一次就很夠了。一直講太多次，聽的人也會覺得不好意思。」

「不不不，值得道謝的事情，說再多次謝謝也不嫌多。您恐怕不知道吧，我們茲納魯提的騎士有多悲慘。」

說著說著，阿普列露出了悲傷的表情。

「像我們這種魔法師水準不高的城市，很難找出一個會修復之型的下級貴族。上級貴族不會管我們的死活，在他們眼中，我們這些騎士其實跟凡人差不多。他們才不肯浪費時間來幫我們修理魔導武器。所以我們只能一點點、一點點的累積錢財，好不容易存夠了錢，修好了武器，過沒多久又得重新送修。」

阿普列越說越激動，握拳的手指深深陷入肉中，幾乎要流出血來。

「我們這些自由騎士的薪水只夠勉強過活，但是為了活命，還是不得不到處借錢。久而久之，我們也變得抬不起頭來。如果不是您的話，我大概早就在前幾天的戰鬥中死掉了，就算僥倖沒死，也會為了修劍而背上大筆債務，最後因為還不出錢，變成高利貸的奴僕了吧。」

「……這樣啊。」

相對於阿普列的激動，莫浩然的回答顯得不夠精采。他對這些人的遭遇深感同情，但同情歸同情，他不可能為此放棄自己的旅行，一直留在茲納魯提幫他們修理武器，因此才會做出這種略嫌冷淡的反應。但阿普列不以為意，仍然滿臉感激的繼續說道。

「雖然您只在這邊停留幾天，卻救了不少人的命。據說在其他城市，修理師一天只肯接三、四件委託，您卻每天都接十件，大家說您雖然來自外地，卻是個難得的好心人。」

肯幫下級貴族修復武器的人，通常也會是下級貴族，他們本身的能力有限，一天內沒辦法使用太多次修復之型。

莫浩然對外聲稱自己是一等勛爵，但修理效率卻超過了一等勛爵該有的水準。這也是茲納魯提的騎士不清楚內情，要是莫浩然待得再久一點，事情傳到上級貴族耳裡，莫浩然的身分立刻就會遭到懷疑。

「不，那個，你太過獎了。我只是，嗯，盡力做著自己能做到的事而已。」

看到對方又是道謝又是讚美的，實在讓莫浩然很不習慣。

仔細想想，自己似乎在升上國中後就沒有被人感激過了，果然是因為在那時開始打架的關係吧？不管是揍人的一方，還是被揍的一方，甚至是旁觀的一方，不論哪一邊都沒有付出感謝的道理。

「先不管其他人，至少您的到來救了我一命。哎，這算是附帶的謝禮。」

阿普列拿起腳邊的袋子，將它塞到莫浩然懷裡。

「咦？不、不用了啦！」

「別客氣。雖然只是些粗陋的東西，但還是請您收下。」

「真的不用了。這……咦？這是……麵包？」

「是札可拉。雖然目前市面上買不到，但軍隊裡面還有一些庫存，我向朋友討來的。您需要這個，對吧？」

「這個……嗯，沒辦法，那麼、就付錢跟你買好了。」

「不用不用。扯到錢的話，就不算謝禮也不算報恩了。請收下、收下！」

阿普列將袋子硬塞給莫浩然，然後像是怕對方追上來似的，用逃難般的速度離開房間。

「……怎麼辦？」莫浩然詢問傑諾。

「……就收下吧。」傑諾很乾脆的回答。

看著裝滿札可拉的袋子，莫浩然表情有些困擾，又有些高興。

說起來，自從到了異世界，莫浩然所遇見的人類大多對自己抱有敵意，再不然就是對他魔法師的身分抱有敬畏之心。像阿普列這樣的人，還是首次遇到。

「哎，那就不客氣了。」

莫浩然背起袋子。

無論如何，困擾許久的糧食問題總算獲得解決。

接下來，就是重新踏上旅途的時候了。

旅行日 05

又見旅行商人

在落春之月十二日的時候，雷莫監察總長麥朗尼．里希特與雷莫空騎軍團元帥英格蘭姆．亞爾卡斯見面了。這場會面並未被記載在任何官方記錄之內，但它也不算是私人性質的拜訪。

里希特是秘密會晤亞爾卡斯的，這種行為，一般說來稱之為密談。

「真讓人吃驚，沒想到大名鼎鼎的里希特候爵竟然會特地跑來這裡。」

雖然嘴巴這麼說，但亞爾卡斯的表情看起來一點也不驚訝。

要是一打開門發現有人突然出現在自己房間裡面，而且對方還是一個大男人的話，無論如何都稱不上是愉悅的體驗。然而亞爾卡斯彷彿早就料到對方的到來，他若無其事的關上門，然後打開櫃子，拿出一只酒瓶與兩只玻璃杯。

「要嗎？二〇六年的哦。沒想到這座小城竟然有這種好東西。」

亞爾卡斯此時所待的房間並非自己的官舍，而是臨時住所。

他向女王陛下報告了自己在普列尼斯城的見聞之後，便立刻乘坐浮揚舟返回軍中，繼續他的巡視行程。他今天早上剛抵達這座名為辛格的小城，下午便在房裡見到理應不該出現於此的不速之客。

「我是為了普列尼斯的事件而來。」

里希特沒有接過對方手中的杯子，而是以冷硬的語氣說道。

「竟然勞動監察總長親自前來，實在惶恐。這種小事，派個人來問不就行了？」

里希特沉默地看著亞爾卡斯，他的眼神彷彿在說著：「這不是小事。」

亞爾卡斯聳了聳肩，表示他知道了。

麥朗尼．里希特有著砂色頭髮與紅褐色眼眸，今年才三十五歲的他，不僅是候爵，而且還是監察院總長，從任何一個角度來看都稱得上年輕有為。莎碧娜提拔人才以實力為主，因此陣營裡有不少年紀輕輕就坐上高位的精英分子，里希特就是其中一例。

要是在過去，這些年輕俊傑不被上面壓制個十幾、二十年絕對出不了頭，現在托莎碧娜的福，直接登上舞臺，為雷莫注入了銳氣與活力，因此他們這些人被戲稱是「銀霧世代」。

里希特在「銀霧世代」也屬於最頂尖的那一群，雖然他的成就堪稱不凡，但跟吟遊元帥一比，就顯得遜色許多。不管是誰都必須承認，年輕一輩中最耀眼的明星，非英格蘭姆．亞爾卡斯莫屬。

在雷莫王位爭奪戰的時候，亞爾卡斯與里希特同樣是最早加入莎碧娜一方的人，但兩人沒什麼交情。並非因為嫉妒，只是純粹個性不合而已。只不過雙方都是理性優於感性的人物，所以並未因此生出什麼嫌隙。

雖然里希特看起來沒有一起分享美酒的意思，亞爾卡斯還是倒了兩杯。他一邊看著搖曳於玻璃杯裡的琥珀色酒光，一邊述說自己在普列尼斯城的遭遇。

里希特面無表情的聆聽著，直到亞爾卡斯說完為止。

「如何？有什麼發現嗎？」亞爾卡斯問道，同時為自己斟了第二杯酒。

「線索還不夠。」里希特冷淡的回答。

「哎，至少可以依據現有的線索做個猜測吧？」

「監察工作不需要先入為主的印象。」

「真是無趣。當作腦力激盪也好啊，聊著聊著突然就靈光一閃，這種情形也是很常見的吧。」

里希特沉默的看著亞爾卡斯，他的眼神彷彿在說著：「你在說什麼蠢話？」

「好吧、好吧，我知道了。不想說就算了。」

亞爾卡斯舉手投降。

然後，里希特消失了。

「走得還真是乾脆啊，這傢伙……」

里希特離開了，連亞爾卡斯都沒看出他是何時走掉的。

里希特擅長隱跡之型，過去爆發戰爭時，他有好幾次孤身潛入敵營刺探情報與暗殺敵將的記錄。監察院是一個為了糾舉貴族不法情事而設立的組織，讓里希特這種本質近似密探的男人當上監察總長，實在是一件很諷刺的事。

「……不過，事情果然變得麻煩了。」亞爾卡斯喃喃自語。

里希特的出現，代表事情正朝他所預料的最壞情況在發展。

鋼鐵獵犬之所以會親自動手，恐怕是因為晨曦之刃。

這個自稱革命軍的反抗組織是在莎碧娜坐上王位後才出現的，莎碧娜被稱為銀霧魔女，因此他們以晨曦為名，暗喻「以陽光消滅霧氣」。

莎碧娜即位初期，像晨曦之刃這樣的反抗組織有好幾十個，它們大多隨著時間的經過而被剿滅。令人意外的是，晨曦之刃竟然頑強的存活下來，而且勢力不減反增。

普列尼斯城的刺殺事件，如果背後真有梅羅子爵的影子，代表晨曦之刃的影響力已經滲透到貴族裡面。連空騎元帥都敢刺殺，證明他們的實力已經強到足以對上級貴族下手了。

晨曦之刃。

一級通緝犯桃樂絲。

有間諜嫌疑的獸人女孩。

身懷魔操兵裝，疑似反叛的鬼面護衛。

這四者若是有所牽扯，便足以編織出一幅令人心悸的危險圖畫，大大動搖莎碧娜的統治根基。

「麥朗尼．里希特啊，就讓我看看鋼鐵獵犬的本事吧！千萬別讓我失望。」

亞爾卡斯拿起為里希特倒好的那杯酒，然後一飲而盡。

※◆※◆※◆※

荒野上，兩道一大一小的影子彼此追逐著。

兩道影子用異常的高速在奔馳，那是尋常人類絕對無法辦到的速度。不僅快，而且非常靈活，乍看之下，有如兩道黑色的疾風在地面上舞動。

「啐，超難纏的啊，這個！」體型較小的影子大發牢騷。

「嘩嘎嘎嘎——！」體型較大的影子彷彿聽懂似的，以咆哮充當回應。

是的，這場追逐戰的兩位主角，正是人類與怪物沒錯。

「不行，傑諾，我要用那個了！」身為主角之一的莫浩然大聲喊道。

「你說的那個是哪個啊？」寄宿於主角身上的大法師反問。

「就是那個啦，天地無雙滅世霸皇拳！」

「竟然又換了一個名字！而且格調比以前更糟！」

莫浩然沒有理會傑諾的吐槽，而是一邊扭轉身體，一邊提升瞬空之型的速度，朝著怪物迎面衝了過去。怪物沒料到眼前的獵物竟然會回頭反撲，一時反應不及，被莫浩然衝進懷中。

在此同時，傑諾所調動的巨大魔力也匯聚於莫浩然的右拳。

「破！」

莫浩然暴喝一聲，一拳轟向怪物的腹部。高度壓縮的魔力在接觸到怪物腹部的瞬間炸了開來，怪物的肚子直接被打出一個大洞，頓時血肉飛濺。莫浩然自己也被魔力爆炸的反作用力給吹飛，向後飛射出去。

「再來！」

莫浩然在空中利用瞬空之型調整飛行路線，將後退的路線由直線化為曲線，繞到了怪物背後，接著再猛然提升瞬空之型的力道，再次衝向怪物。看在第三者眼中，他就像是飛燕一樣，在空中劃出一道優美的弧線。

莫浩然的第二擊直接命中了怪物的頭部，雖然沒有成功打爆怪物的腦袋，但怪物也因為這一拳而倒地不起。

莫浩然在空中轉了一圈，然後輕巧地落到地面。

「成功了！欸欸，你覺得怎樣？」

莫浩然有些得意地詢問傑諾的感想。

「嗯，瞬空之型進步很多。」

「誰在跟你講瞬空之型啊？我是指閃烈龍殺拳啦！剛才那個是我新想出來的連段攻擊，還不錯吧？」

「你到底想換幾個名字啊……」

對於莫浩然的命名品味，傑諾實在是不敢領教。

「沒什麼特別的，說穿了，你那只是搭配了瞬空之型的高級技巧而已。剛才那招在許多劍術流派裡都有，不是什麼太難的招式。」

「真的假的？」

「疾走劍、逆相斬、反身突衝、圓步擊……每個流派的名字都不一樣，但原理相同。」

「嘖！本來想說要是練熟一點，連續給它打出十幾拳，就很像必殺技了說……」莫浩然彈了一下手指，有些懊惱地說道。

「實戰中沒人會蠢到被這招打中十幾次，只有對上怪物時才有機會。」

傑諾毫不留情地批評莫浩然的必殺技構想。

語氣雖然刻薄，但也是實話。

人類的優點之一，就是能夠以智力應對外界的變化。

這種充滿主動性的適應力，比起被動的生物進化要來得迅捷許多。看到不對勁之處，就想出解決的方法；見到搞不定的麻煩，就想出反制的技術。人類之所以能與怪物爭奪地盤，所依仗的不是肌肉，而是腦袋。

「不過，至少算是有進步。再多累積一些經驗，就能想出更好的招式吧。」

傑諾最後不忘來句鼓勵，就像是在體現糖與鞭子這句俗諺一樣。

「開玩笑，你以為要找到這麼剛好的怪物很容易嗎？」

所謂的剛好，指的是體型與能力。

體型不會過大、速度不會過快、攻擊力不會過強、防禦力不會過高、腦袋不會過於聰明，更重要的是，沒有群居習慣。符合上述特點，才能拿來當練習的對象，否則就是找死。

說起來，原本莫浩然也不想跟怪物戰鬥的。

這頭怪物名叫砂毒獸，危險等級是二，能夠噴出毒氣，棘手程度足以媲美三級怪物。要不是對方實在太過纏人，偏偏跑得又比捷龍還快，莫浩然也不會跟牠打起來。

「說到練習……乾脆找她怎麼樣？」

「她？」

莫浩然一時間意會不過來，過了數秒之後，他才領悟到那個主詞所代表的對象究竟為何。

「給我等等！練習？找她？你想要我死嗎？不、不對，在死之前，她會不會答應還是個問題吧！」

「問問就知道了。哎，雖然我也覺得不太可能啦。」

看來傑諾也只是說說而已。

結果出乎預料。

鬼面少女同意了。

「竟然真的答應了……」

就連傑諾也嚇了一跳。

只見一旁的鬼面少女揮劍熱身，空氣發出咻咻的撕裂聲。

「喂喂喂！怎麼辦？她看起來幹勁十足啊！」

「……或許是打算趁練習時痛下殺手，這樣就不用再監視你了。」

「臥槽！那怎麼辦！」

「叫她不要用劍，只用劍鞘吧。只要不被打中要害就不會死。」

「白痴啊！不跟她打才是正確解答吧！」

「你在說什麼啊，難得有這麼好的訓練機會，當然要好好珍惜。」

「應該珍惜的是我的命才對！我被殺掉究竟對你有什麼好處啊！」

「好啦好啦，反正就先跟她講一下吧。聽到這種無理的要求，她大概也沒有興致了。」

然後……

鬼面少女再度同意了。

撕裂空氣的聲音由咻咻變成了啪啪，由於揮動的速度實在太快，就連手臂與劍鞘都像是變成一團影子。

「靠夭她竟然答應了！而且看起來比剛才更有幹勁了啊啊啊啊啊啊！」

「……優秀的練習對手會讓你更加茁壯。我期待你的成長，少年。」

「成長你媽啊！」

就在莫浩然怒吼的同時——

「救命啊！」

——遠方也跟著傳來一道這樣的聲音。

莫浩然跑向求救聲傳來的方向。

會在這種荒郊野外發出求救，理所當然是遇到了野獸或怪物吧。

既然聽到了，也無法就這樣置之不理。首先是過意不去，其次是自己也算有能力應付那種場面，簡單的說，就是良心與自信的雙重鞭策，驅使莫浩然前往救援。

傑諾也沒說什麼，看來並不反對莫浩然的決定。

遠處有一座丘陵，聲音是從另一側傳過來的。

距離丘陵頂端大約五百公尺，莫浩然使用瞬空之型，在二十秒內就抵達了目的地。

莫浩然從丘陵上向下望，卻見到意料之外的景象。

丘陵下方所上演的，並非怪物與人類的爭鬥，而是人類與人類的追殺。

一名男子正在逃跑，一名男子正在追逐，雙方都有武器，但顯然實力不對等，才會出現這種你追我趕的畫面。幸運的是，追逐的男子全副武裝，而逃跑的男子穿著較為輕便，這場追逐戰看來無法在短時間內結束。

莫浩然沒有興趣參與人類之間的殺戮，他原想悄悄離開，但傑諾的一句話打消了這個念頭。

「咦？那不是曼薩特城的那個旅行商人嗎？。」

莫浩然仔細一看，那名逃跑男子的相貌果然似曾相識，記得對方的名字好像叫西格瑪還是西格爾什麼的。遠處有一輛翻倒的篷車，看來就是他的。

「是魔導武器，追他的人應該是騎士吧。」

那名擔任追逐角色的男子，手中握著一把發出淡藍光芒的長劍。能夠使用魔導武器，卻跟一名凡人玩起捉迷藏，這樣的人必然是騎士無疑。

莫浩然有些猶豫。如果是完全無關的人也就算了，既然自己認識其中一方，就這樣置之不理的話也不太好。人類的心理就是這麼奇妙，即使只有一面之緣，也足以在心中建立起與他人之間的連結。

「救一下吧。雖然不知道他們為什麼打起來，但這一幕感覺很有謀財害命的味道。」

騎士追殺旅行商人，究其本質，其實就是貴族攻擊平民。貴族貪圖商人財富而狠下殺手，這一類的事情時有所聞，因此大部分的商人都會依附貴族，否則無法安心做生意。唯一的例外就是旅行商人，這些傢伙四處漂泊、居無定所，根本無法與貴族建立起穩定的關係，因此旅行商人很容易變成貴族下手的目標。

就在傑諾對莫浩然講解這個世界的商業潛規則時，丘陵下方的追逐戰也出現了新的變化。

西格爾終於放棄逃跑，轉身面對凶惡的追逐者。

他是不得不戰，畢竟再跑下去也不是辦法。

對方可是騎士，職業的戰鬥高手，自己的體力與耐力不可能勝過對方。在這個地形上自己也很難甩掉對方，只能拚死一搏。

「喝啊！」

西格爾大吼，揮劍斬向騎士。

雙劍交擊。

由於來不及擺出迎擊姿勢，騎士被迫進行防禦。趁此機會，西格爾不停的進攻。敢以旅行商人為職業的人，多少都有幾招保命的法子。西格爾雖然年輕，劍術卻不差，騎士失去先機，竟然被西格爾牢牢壓制住了。

「唔！你這混蛋……」騎士低聲咒罵。

嚴格說起來，騎士與一般的戰士沒什麼兩樣。他們唯一優於凡人之處，就在於能夠使用魔導武器這一點。體能、技術與裝備，這三個指標決定了戰士的實力，而騎士也是如此。

眼前這名騎士所用的長劍是波爾特一型，最常見的魔導武器，內附剛擊之型。西格爾也認得這種武器，因此盡量避免擊中對方的劍，以免自己的劍被削斷。西格爾的戰鬥策略確實有效，這名騎士一時間竟然奈何不了他。

「少給我得意忘形！」

騎士突然往前跨了一步，硬是以肩膀擋下了從左側砍來的一劍。由於皮甲的阻攔，這一劍雖然重傷了左臂，但並未使他失去戰鬥能力。西格爾見狀暗喊不妙，果不其然，騎士的右手猛力向內一揮，直接斬斷了西格爾的長劍。

看到武器被斬斷，西格爾立刻抽身急退，但遲了一步。騎士斬斷他的武器之後，利用慣性力量使出一記迴旋踢，將西格爾踹倒在地。

「去死！」

騎士挺劍刺向西格爾。

西格爾完全來不及閃躲，只能露出驚恐的表情坐等死亡的來臨。

就在這時，一道光束劃過虛空。

「呃啊——？」

騎士瞪大眼睛，發出宛如脖子被扼住般的詭異聲音。

騎士低頭看著自己的腹部，那裡多出了一個原本不存在的大洞。

「咦……啊……？」

騎士的嘴巴湧出鮮血。他艱難的抬起頭，然後左右張望，最後終於看見了站在遠方丘陵上的狙擊者。

距離很遠，看不清楚對方的臉孔。

白色的馬尾隨風搖曳。

「穿弓……之型……魔法師……？」

騎士發出難以置信的呻吟，接著雙腿失去了繼續支撐身體的力氣，像是崩潰的沙堡般倒了下去。

「幹得好！竟然一擊就命中目標，你的穿弓之型準頭提高很多！」

傑諾大聲稱讚，為了契約者的進步而喜悅。

「……我原本是瞄準兩人中間的空隙。」

莫浩然一臉鬱悶的回答。

「風中攀岩，蛛絲為索。」

「腐沼毒蛇攔路，餓虎背後狂逐。」

「吊橋兩端盡腐朽，向前向後皆相同。」

……這些是流傳於雷莫各地的諺語，它們的意思大同小異，都是在形容一個人好不容易脫離了某個絕境，卻又不幸地跳入另一個絕境。

西格爾在見到救了自己一命的對象時，腦中不由自主地浮現上面那些諺語。

「啊啊……老爹，對不起……歷史悠久的『黃金角笛』，終於要在我這第六代店長手中劃下句號了……」

西格爾仰望天空，發出看破紅塵的嘆息。

「……對救命恩人說這種話，會不會太失禮了？」

看著躺在地上彷彿在等死般的年輕商人，莫浩然不禁有些傻眼。

在使用穿弓之型解救西格爾後，莫浩然便走下丘陵。原本只是想跟對方打聲招呼而已，沒想到西格爾一見到他，立刻臉色大變，然後就像被放在砧板上的青花魚一樣，躺著動也不動。

「呵呵呵……小人早已覺悟了。幹我們這一行的，本來就是一直在生死夾縫間行走。只是，遺憾吶，還沒實現大賺一筆的夢想……」

「喂、喂喂，別用那種像是交代遺言一樣的口氣說話，我又沒有要對你怎麼樣。」

「……真的嗎？」

西格爾微微抬頭，露出了彷彿被雨淋溼的小狗般的表情。

「真的。話說回來，為什麼你會覺得我想幹掉你啊？」

「那那那那、那個……因為、因為您是……那個……」

見到西格爾一副欲言又止的模樣，莫浩然恍然大悟。

「我知道了。你知道我是誰，對吧？」

莫浩然知道，西格爾一定是看過桃樂絲的通緝令了。

通緝令上雖然沒有畫像，卻也羅列了有關桃樂絲的外表特徵。白髮，魔法師，少女，雷莫雖大，符合這些條件的人也絕不會多。此時的莫浩然早已洗掉頭髮的染色，只要西格爾不是瞎子兼呆子，就一定能猜出莫浩然到底是誰。

「是是是、是的！真真真、真對對對、不起起起起！」

沒錯，西格爾確實認出了莫浩然的身分。

那一天，莫浩然華麗地幹掉了沙克，這件事迅速傳遍全城。大家都在討論究竟是誰幹掉了曼薩特城的明日之星，就在這時，關於桃樂絲的通緝令恰好抵達，頓時將這股討論熱潮推上一波新的高峰。

西格爾一見到桃樂絲的通緝令，立刻收拾行李逃出曼薩特城。

西格爾很清楚，在桃樂絲的背景還沒曝光前，貴族們會因為懷疑對方的來歷，暫時置身事外，靜待事情發展。既然已經確定桃樂絲是通緝犯，他們就能放手施為。在這種情況下，與桃樂絲接觸最多次的自己肯定最先倒楣。

身為旅行商人的西格爾的確非常敏銳，他前腳剛踏出曼薩特城，對方後腳就追上來了。幸好他逃得早，否則早就被那些混蛋貴族處以磔刑。原以為逃過一劫，沒想到竟然會在這裡遇上桃樂絲。西格爾懷疑自己的背部是不是被厄運的胞子所寄生，長出了名為不幸的毒菌。

「不用這麼緊張，我又不會對你怎麼樣。」

「是、是的！當然！像您這樣偉大的魔法師，怎麼會把小人這樣的卑賤人物放在眼裡！不，應該說您這種大人物，就連跟小人說話都算是浪費時間！小人真是罪大惡極！」

「不，你也不用自我貶低到這種程度……」

「是，小人應該對自己更有自信一點，但在桃樂絲小姐您面前，那點自信與自大是一樣的！」

西格爾不負旅行商人的機敏之名，舌頭像是塗了蜜一樣，想將眼前的危險人物哄開心。可惜他並不知道，他就算付出再多的努力，也比不上那一句「桃樂絲小姐」所具備的破壞力。

「……算了，你高興就好。不過，為什麼你會在這種地方跟人打起來？謀財害命？」

莫浩然懶得繼續研究西格爾的過度自謙，於是轉而探討為何旅行商人會被騎士追著跑的問題。

「這個、其實……呃……」

西格爾露出了為難的神情，似乎不太想觸碰這個話題。

如果換成其他魔法師，哪能容許一介凡人在他們面前遮遮掩掩？早就直接放出靈威，撬開對方的嘴巴了。然而來自地球的莫浩然沒有這種跋扈的習慣，既然別人不想說，就一定有不想說的理由，何況他也不是真的感興趣，只是隨口問一下而已。

「嘛，不想說就算了。」

莫浩然無所謂的搖了搖手。

「自己小心一點，別被怪物吃掉了。再見啦。」

「等、請等一下——！」

正當莫浩然轉身準備離開之際，西格爾突然叫住了他。

「幹嘛？」

「這個……哎，小人不想當一個忘恩負義之徒。您對我有救命之恩，若是對您隱瞞這件事的話，小人也會良心不安……」西格爾支支吾吾的說道。

接著，這個年輕商人像是下定了決心般，抬頭直視莫浩然的眼睛。

「其實，小人之所以會被追殺，是因為某個寶藏的關係。」

「寶藏？」

「是的。」

西格爾表情嚴肅，加重語氣用力說道。

「那是——魔王歐蘭茲的寶藏。」

《打工勇者02》完

後記

《打工勇者》終於如願出版了第二集。

出場角色越來越多，夜風大師的抱怨也越來越頻繁。

「我想畫更多美少女！」——對於這樣的牢騷，我打從心底感到認同。

我也想寫更多美少女啊！

我也想寫更多美少女啊！

我也想寫更多美少女啊！

但是，受限於作品的本質，就算寫再多美少女也沒有意義啊！因為主角根本不可能開後宮！要求一個連小弟弟都沒有的人周旋於眾多女角之間，這不是太殘酷了嗎——？

什麼？那就讓主角長出小弟弟？

開什麼玩笑！怎麼可以讓主角過得比作者還爽（問題發言）！

……咳，上面那些話都是開玩笑的，請不要當真。要是有人把它當成是作者的真心話，某些人會覺得很困擾。

對了，這集主角所想的必殺技名字裡面，其中有一個名字埋了某個小梗，有興趣的讀者可以回頭去挖看看。話說回來，這種程度的埋梗推銷應該不至於被出版社彈劾吧……？

總之，希望第三集的後記可以再見到你們。

天罪　二〇一五年六月

羊角系列 004

打工勇者 02

出版者■典藏閣
作　者■天罪　　繪　者■夜風
總編輯■歐綾纖
製作團隊■不思議工作室
郵撥帳號■50017206 采舍國際有限公司（郵撥購買，請另付一成郵資）
台灣出版中心■新北市中和區中山路 2 段 366 巷 10 號 10 樓
電　話■(02) 2248-7896　　傳　真■(02) 2248-7758
物流中心■新北市中和區中山路 2 段 366 巷 10 號 3 樓
電　話■(02) 8245-8786　　傳　真■(02) 8245-8718
ISBN■978-986-271-623-6
出版日期■2015 年 9 月
全球華文國際市場總代理／采舍國際
地　址■新北市中和區中山路 2 段 366 巷 10 號 3 樓
電　話■(02) 8245-8786　　傳　真■(02) 8245-8718
新絲路網路書店
地　址■新北市中和區中山路 2 段 366 巷 10 號 10 樓
網　址■www.silkbook.com
電　話■(02) 8245-9896
傳　真■(02) 8245-8819

☞**您在什麼地方購買本書？**☜

1. 便利商店（ ________ 市／縣）：☐7-11 ☐全家 ☐萊爾富 ☐其他____________

2. 網路書店：☐新絲路 ☐博客來 ☐金石堂 ☐其他__________

3. 書店（ ________ 市／縣）：☐金石堂 ☐蛙蛙書店 ☐安利美特animate ☐其他____

姓名：________ 地址：____

聯絡電話：_____________ 電子郵箱：______________________________

您的性別：☐男 ☐女 您的生日：西元________年_________月_________日

（請務必填妥基本資料，以利贈品寄送）

您的職業：☐上班族 ☐學生 ☐服務業 ☐軍警公教 ☐資訊業 ☐娛樂相關產業
☐自由業 ☐其他__________

您的學歷：☐高中（含高中以下） ☐專科、大學 ☐研究所以上

☞**購買前**☜

您從何處得知本書：☐逛書店 ☐網路廣告（網站：___________） ☐親友介紹
（可複選） ☐出版書訊 ☐銷售人員推薦 ☐其他_________________

本書吸引您的原因：☐書名很好 ☐封面精美 ☐書腰文字 ☐封底文字 ☐欣賞作家
（可複選） ☐喜歡畫家 ☐價格合理 ☐題材有趣 ☐廣告印象深刻
☐其他_________________

☞**購買後**☜

您滿意的部份：☐書名 ☐封面 ☐故事內容 ☐版面編排 ☐價格 ☐贈品
（可複選） ☐其他

不滿意的部份：☐書名 ☐封面 ☐故事內容 ☐版面編排 ☐價格 ☐贈品
（可複選） ☐其他

您對本書以及典藏閣的建議____

____

____

✌未來您是否願意收到相關書訊？☐是 ☐否

感謝您寶貴的意見

印刷品

$3.5
請貼
3.5元
郵票
不思議信箱
FUSIGI POST

235 新北市中和區中山路二段366巷10號10樓
華文網出版集團 收
（典藏閣－不思議工作室）

打工勇者 02